무인도의 두 사람

120일 이상 살아야만 하는 일기

MUJINTOU NO FUTARI: 120NICHI IJO IKINAKUCHA NIKKI

by YAMAMOTO Fumio

무인도의 두 사람

120일 이상 살아야만 하는 일기

無人島のふたり

120日以上生きなくちゃ日記

야마모토 후미오 지음

김현화 옮김

ㅈ▲▶▲
직선과곡선

일러두기
※ 각주는 모두 옮긴이의 것입니다.

2021년 4월, 나는 돌연 췌장암이라는
진단을 받았고 그때 이미 말기였다.
치료법은 없고 항암제로
진행을 늦추는 것밖에 수단이 없었다.
옛날과 달리 부작용은 가벼워졌다고 들었지만
항암제 치료는 지옥이나 마찬가지였다.
암으로 죽기보다 먼저 항암제로
죽을 것 같다고 생각할 정도였다.
의사나 카운슬러, 그리고 남편과 의논해서
나는 완화의료를 받기로 정했다.
그런 2021년 5월부터의 일기다.

차 례

제1장

2021년 5월 24일~6월 21일

5월 24일(월요일)

실은 남편과 도쿄에 외출할 일정이 있었는데, 어젯밤부터 설사를 심하게 했고 그게 오늘 아침에도 회복되지 않아 너부러져, 남편만 가게 되었다.

남편은 내가 빌린 원룸을 비우러 고마고메로 갔다. 중요한 물건만 가져오고 나머지는 업자에게 돈을 지불해 버리기로 했다. 가능하면 직접 전부 뒤처리를 하고 싶었지만 안 되는 것은 안 되기 때문에 괴로웠다.

의논해서 그러기로 했는데, 다정한 남편은 몇번이나 쓰레기장까지 왕복하면서 물건을 상당히 버려준 모양이다. 그리고 잃어버렸다고 생각한 대여금고 열쇠도 발견했다.

그 후 남편은 쓰키지의 국립암센터까지 내 세 컨드오피니언[*]용 자료를 제출하러 가주었다.

  나는 그사이에 여전히 뒤집어지는 배를 감싸 고서 누워 있었고, 평소에는 울리지 않던 집전 화가 몇 번이나 울렸지만 받지 않았다.

  나중에 자동응답기를 들어보니 ①자택의료를 부탁한 병원 관계자, ②NHK 경리로부터 온 문 의사항, ③인터넷 회사의 세일즈였다.

  그것과는 별개로 오랜 세월 사용하던 전자레 인지가 망가졌다.

  ## 5월 25일(화요일)

  갑자기 머리가 빠지기 시작했다.

  아침에 일어나서 잠옷을 벗자 알몸인 등에 무 언가 닿는 감촉이 들어 돌아보니 바닥에 머리카

  ---

  [*] 주치의가 아닌 다른 의사에게 현재 진행되고 있는 암 치료에 대해 자문을 구하는 것. 일종의 크로스 체크.

락이 엄청 떨어져 있었다. 손가락으로 잡아당기자 다발로 빠져서 새파래졌다. 옛날에 본 「태양을 훔친 사나이」라는 영화에서 피폭된 줄리의 머리가 뭉텅이로 빠진 신이 머리를 스쳐지났다. 세면대로 달려가 빗으로 빗으니 기겁할 만큼 빠졌다.

항암제는 한 번밖에 투여하지 않았고, 그것도 3주 정도 전에 끝나 탈모는 더 이상 일어나지 않을 거라고 생각했기에 충격이 컸다.

남편을 불러 전하려 했지만, 말보다 먼저 눈물이 나왔다. 머리에서 빠져 바닥에 떨어진 수많은 머리카락을 보고 사태를 파악한 남편은, "괜찮아. 괜찮아"라고 자신에게 타이르듯이 속삭이면서도 덩달아 울고 있었다.

머리는 잡아당기면 당길수록 끊임없이 빠져, 세면대에 주저앉아 미친 듯이 머리를 뽑았다. 그사이에 남편은 내 침실 바닥에 청소기를 돌리고, 머리카락투성이가 된 시트도 세탁해주었다.

하지만 인간의 머리에는 놀라울 정도로 머리카락이 나 있어, 아무리 빠져도 남이 보기에는 아직 어디에도 탈모가 진행된 것처럼은 보이지 않는다. 두피가 아파서 망연자실하고 있다가, 아직 내 머리카락이 있는 동안에 바깥을 걷고 싶다는 생각이 들어, 남편에게 차를 타고 조금 간 곳에 있는 카페에 데려다 달라고 부탁했다.

그 카페는 산속에 있어, 가게에 올라가는 계단에서 생각 이상으로 다리가 후들거려 나 자신이 쇠약해진 걸 알았다. 어쩌면 조만간 이곳에도 올 수 없게 되겠구나 실감했다. 모자 틈에서 빠진 머리가 어깨에 자꾸 떨어져 그걸 남편이 털어주었다.

돌아가는 길에 가전제품점에서 새 전자레인지를 샀다.

내일은 완화의료를 해주는 병원으로 초진을 받으러 간다.

얼마 전까지 중환자는 큰 병원 주치의 선생님을 의지해야 한다는 인상을 받았는데, 지금은 다양한 상담처가 있어서 감사할 뿐이다. 세상을 잘 떠날 수 있기를 바란다.

5월 26일 (수요일)

눈이 부실 정도로 햇살이 강하고 하늘이 푸른 날이다.

집에서 그리 멀지 않은 곳에 있는 작은 병원으로 초진을 갔다.

아직 개원한 지 2년도 되지 않은 그 A병원은 방문 간병이나 어린이 치료, 완화의료 등을 맡고 있다고 한다.

내가 그때까지 통원하던, 지역에서 제일 큰 암 진료 연계 거점 병원이기도 한 B의료센터의 카운슬러가 소개시켜주었다. B의료센터에서도 완화의료를 받을 수 있었지만, 나는 가능하면 입원한 채 임종을 맞이하기를 피하고 싶은 마음이 컸고, 그러려면 재택의료를 받는 게 좋다고 생각했다.

병원을 방문해보니, 그곳은 전혀 병원 같지 않았다. 건물이 별장 같았다. 부엌은 컸고 천장까지 뚫린 스타일에, 작은 방이 여러 개 있어서 어떤 방이든 바닥에서 데굴거릴 수 있을 듯한 포근한 느낌이 들었다. 벽이 하얗고 큰 창문 바깥은 신록이 아름다웠으며, 뒤편의 수풀에 놓인 의자에서 스태프들이 회의를 하는 게 보였다.

나와 남편은 정원에 접한 방으로 이동해서 여성 스태프와 마주했다. 두 사람 다 의사인 모양이었지만(명함을 주지 않아서 확실하지는 않다), 완전 평상복을 입고 있었다.

다들 싱글벙글대며 세상사는 이야기를 하고 나서 여성 스태프인 O씨가 "그렇다면 지금까지의 일을 들려주시겠어요?"라고 부드럽게 말했다.

B의료센터에서 소개장이라고 할까, 증상과 대강의 상황이 적혀 있는 것이 이곳에 도착한 것을 알고 있기에, 내 입으로 내가 말해도 괜찮겠구나 생각했다.

"그게 말이죠, 애초에"라고 나는 말했다.

맨 처음에는 위가 이상하다고 생각했어요. 작년(2020년) 말쯤에 긴장하는 일이 있어(텔레비전 출연), 그래서 위가 아프구나 싶어 직접 가스

타10[*]을 사서 복용하고 일시적으로는 좋아졌다고 느꼈어요.

그런데 새해가 되자 또 통증이랑 속쓰림이 이어졌고, 때마침 건강검진을 예약했기 때문에 그때 검진을 받으면서 몸이 안 좋다는 사실을 전하자, 조만간 위 내시경을 하는 편이 낫겠다는 말을 들었어요. 통증은 지속적이었지만 심하지 않아 우선 건강검진 결과가 상세히 나오기를 기다리기로 했어요.

2월 초에 그 결과가 우편으로 왔는데 '장폐색 의심'이라고 쓰여 있는 것을 보고 새파래져, 바로 집 근처에 있는 C종합병원으로 달려갔어요.

그 병원에서 우선은 조영제를 투입한 CT로 장을 검사해서 문제가 없다는 걸 알았고, 종양 수치도 걱정할 게 없어, 그다음에 위 내시경을 받았어요. 거기서 만성위염이라는 진단이 내려져 아, 위염이었구나 하고 안심했어요. 그래서 위염약을 복용하고 상태를 살펴보게 되었어요. 그게 3월 초순이에요.

---

* 위장약의 일종

약을 복용하고 식사에 주의하면 낫는다고 태평하게 생각했는데, 통증은 그다지 누그러들지 않았고 서서히 등까지 아프게 되었어요. 한밤중에 통증 때문에 잠에서 깨기도 해서, 다음 예약을 기다리지 않고 C병원에 갔더니 의사가 고개를 갸웃거리기만 했어요. 그때까지보다 더 센 위염약을 받아서 복용하기 시작했는데 개선될 기미가 보이지 않았고, 그 일주일 후에 통증 때문에 한숨도 못 잔 아침, 남편에게 부탁해서 응급 환자로 C병원에 데리고 가달라고 했어요.

그때 다시 혈액검사를 받은 차에, C병원 의사가 응급환자용 침대에서 링거를 맞고 있는 저한테 달려와서 "γ가!"라고 말했어요. 제 γ-GTP가 1000을 넘었다고 듣고 저는 귀를 의심했어요. 급하게 MRI를 찍고 그 영상을 보면서 아무래도 담관이 막혀 있는 담석일지도 모르고, 어찌되었든 우리 병원에서는 조치를 취할 수 없으니 B의료센터로 가라는 소리를 들었어요.

다행히 그날 오후 늦게 B의료센터 예약을 잡았고, 몸은 힘들었지만 겨우 큰 병원에서 진찰을 받는다는 사실에 안도했어요.

거기서 검사가 점점 진행되었어요. 검사를 받으려 입원을 하고, 우선 황달이 오지 않도록 전자내시경으로 막혀 있는 담관에 파이프를 넣었어요(그때는 조직검사를 했습니다). 초음파 검사, 조영제를 투입한 PET/CT 검사를 받고 우왕좌왕하는 사이에 췌장암 말기라는 진단을 받았어요.

종양 위치가 나빠서 수술을 하지 못했고, 전이되지 않았으면 방사선 치료를 고려할 수 있었지만, 이미 전이되어 남은 길은 항암제밖에 없었어요. 하지만 항암제로도 암은 낫지 않고 진행을 늦추기만 할 뿐이라고 하더라고요.

그런 소리를 갑자기 듣고 나더러 어쩌라는 거지, 라는 게 솔직한 심정이었어요.

난 해마다 건강검진을 꼬박꼬박 받고 있었고, 담배와 술은 13년 전에 끊고 한 번도 하지 않았는데다 식생활도 그리 엉망이라고는 생각하지 않아요.

췌장암은 그렇게 발견하기 힘든 건가요?

나뿐만 아니라 남편도 당황했어요. 확진을 받은 날, 정말 어떻게 해야 하나 둘이서 망연자실했어요.

그런데 이러든 저러든 항암제를 쓴다면 하루라도 빠른 편이 낫다고 해서, 저는 다급히 의료용 가발을 만들러 갔어요. 만든 다다음 날에 이미 첫 번째 항암제를 투여했고요.

하는 수밖에 없다고 용기를 내 도전한 항암제였는데 저는 호되게 당했어요. 이제 두 번 다시 몸에 항암제를 투여하지 않겠다고 결심을 굳히는 것만으로도 괴로운 한 주였어요.

화학요법을 쓰지 않겠다고 정하자 이제 B치료센터에서 할 게 없었어요. 완화의료를 부탁하자 B치료센터에서 "우리가 그다지 잘 다루는 분야가 아니니 지역 병원과 동시에 진찰을 받는 것도 한 가지 방법일 듯합니다"라고 알려주셔서 오늘 여기에 왔어요.

그리고 저는 지금까지 굳이 물어보지 않았던 남은 수명을 B의료센터의 주치의인 K선생님에게 물었어요. 화학요법을 쓰면 예후 시간이 모

호하지만, 쓰지 않으면 어느 정도는 확실하겠
죠. K선생님은 "이건 어디까지나 데이터상의 이
야기입니다"라는 전제를 두고, 저의 남은 수명
이 반년이라고 알려줬어요. 참고로 항암제가 효
과가 있어도 9개월이라고 했고요.

나의 긴 이야기를 A병원의 O선생님은 피하지
않고 들어주었다.

그리고 1시간 남짓, 앞으로의 일 등 이것저것
을 상담받았다. 나는 가족 말고 다른 사람에게
병에 대해 이렇게 아무렇지 않게 이야기한 게
처음이었고, 남편도 자신의 마음을 털어놓은 것
은 처음이었다고 생각한다.

다행이었다. 정말 다행이었다. 나는 병원 관계
자에게 도움을 받았을 뿐만 아니라, 내 경험이
그들 또는 그들이 앞으로 만나게 될 환자에게
조금이라도 도움이 되기를 바랐다. 나는 잘 죽
을 수 있을 듯했다.

5년 전에 역시 암으로 세상을 뜬 아버지에게
도 이런 의료 서비스를 받게 하고 싶었다. 아버

지는 병원이라면 질색하고 입원하는 걸 싫어해 늘 간당간당할 때까지 참다가 결국 응급차에 실려갔다. 그러고서 이번에는 왕진하는 의사 선생님을 고용하라고 말해도 큰 병원에서 멀어지는 게 두렵다며 들어주지 않았다.

마음이 너무나도 푹 놓여서 돌아오는 길에 카페에 들러 카레를 먹었다. 절반도 못 먹었지만 오랜만에 먹은 카레는 강렬하게 맛있었다.

5월 27일(목요일)

어제 병원에서 자신의 감정을 말한 탓인지 그 후 감정이 흘러넘치고 말았다.

'가능하면 한 번 더 내 책이 출간되는 게 보고 싶어.'

그리 생각했더니 멈출 수 없었다.

실은 올해 원래 단편집을 출간할 예정이었고, 그건 옛날 문예지나 앤솔로지에 쓰여 있던 걸

묶고 여기에 신작 단편을 하나 추가해서 내려고
했다.

하지만 이 신작을 좀처럼 쓸 수 없어서 진행
이 늦을 대로 늦고 말았다. 작년에 낸 『자전하며
공전한다』라는 장편소설이 예상외로 판매부수
가 늘어, 홍보활동이 연장되기도 해서 올해 들
어 겨우 마음을 먹고 신작단편을 쓰기 시작했지
만, 몸 컨디션이 좋지 않아 좀처럼 진행되지 않
았다.

그리고 병이 발견되고 내 남은 시간을 듣고, 4
분의 3 정도 쓰고 있던 걸 다시 읽어봤더니 이
건 유작으로 삼기에는 너무 완성도가 나쁘다는
판단이 섰다. 하지만 이미 고쳐 쓸 시간이 없었
다.

실은 항암제를 투여한 시점에서 나는 빈혈이
심해 스마트폰도 컴퓨터도 보는 게 고역이라,
업무 메일 송수신은 전부 전 담당편집자였던 남
편이 대신 맡아주고 있었다.

그런 남편에게 "진행이 늦어지던 신작은 넣지
말고 책으로 내줬으면 하고, 게다가 가능한 한

서둘러 내줬으면 한다는 억지가 쉽게 통할 거라
고는 생각 안 하는데, 살날이 얼마 안 남았다는
걸 출판사에 솔직히 말해서 부탁하면 안 될까?"
라고 울면서 의논했다.

그 말을 들은 남편은 바로 출판사에 전화를
해서 오래 교류해온 H씨에게 이야기해주었다.
나도 전화를 받아 스마트폰을 쥔 채 몇 번이나
고개를 숙였다. H씨는 무척이나 놀라며 울먹이
는 목소리로 온힘을 다해 책을 내겠다며 받아들
여주었다.

이렇게나 무리한 요청을 받아줘서 정말 감사
할 따름이다.

편집자뿐만 아니라 교정자나 디자이너나 많
은 분들에게 민폐를 끼쳤다.

죄송하고 감사한 마음이다.

5월 28일 (금요일)

아침부터 남편이 도쿄로 외출해서 오랜만에 집에 혼자 있었다.

날씨가 무척이나 좋았고, 정원에 나가기만 해도 근사하고 아름다운 경치와 덥지도 춥지도 않은 쾌적한 공기에 휩싸였다.

황금연휴 후의 신록으로 뒤덮인 가루이자와는 정말 예쁘다.

오늘은 통증도 없고 구역질도 나지 않아서 몸이 가뿐해 청소와 정리를 했다. 머리가 계속 빠지고 있는 걸 제외하고는 내가 병에 걸렸는지 믿을 수 없을 정도였다.

점심이 지나서 남편한테 전화가 왔다.

오늘도 남편은 내가 도쿄에 빌린 원룸을 정리하러 가주었다.

가루이자와에 집을 지은 후에도 남편은 여전히 도쿄 회사에서 일하고 있어, 그사이에는 늘 나와 남편이 공동으로 구입한 아파트가 있었지만, 남편이 퇴직한 타이밍에 그 아파트를 팔아서 나는 나를 위한 원룸을 빌렸다.

그건 나에게 있어서 큰 꿈이 실현된 것이었다. 집이 있고 가족이 있지만(남편뿐이지만) 피난처 같은 아담한 집을 빌린다는 사치! 분명 반감을 살 거라 생각해서 그다지 공공연하게 그 이야기를 하지 않았다.

2017년 연말, 고마고메역에서 걸어서 7분 정도 되는 곳에 있는 큰 공원에 접한 그 집을 빌리고서, 도쿄에 스케줄이 있을 때는 물론 이따금 그 집에 묵었다. 그곳을 거점으로 해서 도쿄 여기저기나 멀리까지도 여행을 갔다.

가루이자와의 집을 때마침 대대적으로 리모델링을 해서 그사이에는 반년 정도 계속해서 머물고 있었다. 아담한 부엌에서 요리를 하고 원룸에 들어갈 정도의 최소한의 짐을 꾸려 와서 도쿄에서의 홀로서기를 만족했다. 한 번 더 말하지만 참으로 사치스러운 생활이었다.

하지만 스스로 찾아내서 자신의 취향으로 구석구석 꾸민 집을 스스로 정리하고 해약할 수 없는 날이 올 줄은 생각지도 못했다.

남편이 스마트폰으로 원룸에 있는 짐을 사진으로 보내줘서 "이건 필요하고 이건 필요 없어"하고 골라냈다. 내가 필요하다고 분류한 물건을 남편이 박스와 캐리어에 넣어서 가지고 오게 되었다.

"필요하다"라고 대답을 하면서도 실은 필요 없는데 라고 생각하기도 했다. 베트남에서 산 화병이라든가, 기요미즈야키 다완이라든가, 겨울 코트라든가, 실은 필요하지 않을지도 모르지만 필요 없다고 말하지 못했다.

5월 29일(토요일)

아침부터 구역질이 심하게 나서 앓아누웠다.
어제는 그렇게 쌩쌩했는데 왜 그럴까 하고 이런저런 생각을 하다가, 이윽고 췌장암 말기니 그렇게 건강할 리가 없지 하고 혼자 읊조리고 피식 웃었다.

누운 채『어제 뭐 먹었어?』최신간을 읽었다.

5월 30일(일요일)

아침부터 계속 권태로움이 느껴지고 구역질
이 났다. 열이 37.7도였다.

오후가 되어 38.5도까지 올라가서 고민 끝에
재택의료 A병원에 전화를 해서 와달라고 했다.
365일 24시간 언제든지 와주기로 계약되어 있
어서 거리낄 게 없다고 생각하면서도, 역시 막
상 일이 닥치니 이 정도 일로 불러도 되나 하는
사양하고 싶은 마음이 일었다.

채혈을 했다. 결과는 내일 나온다.

식욕이 전혀 없어서 과일 젤리밖에 못 먹었
다.

5월 31일(월요일)

열도 꽤 내려갔고 아침에 토스트도 먹을 수 있었다.

오늘도 A병원 직원이 와주었다. 혈액검사는 특별히 걱정할 게 없다고 했다.

진통제는 효과가 좋은 걸 찾아냈고, 구역질 진정제는 여러모로 시도해보고 있지만 좀처럼 나와 맞는 걸 찾지 못해서 괴롭다.

구역질이 나면 스마트폰을 보는 게 버겁다. 오늘은 한 번도 스마트폰을 건드리지 않았다. 병에 걸리기 전까지 가벼운 스마트폰 중독이었던 게 거짓말 같다.

내일 어떻게 해서든 도쿄로 나가야 하는 용건이 있는데 갈 수 있으려나.

6월 1일(화요일)

　어제까지 난조였던 컨디션이 거짓말처럼 건강한 모습으로 깼다(항생제가 듣는 모양이다).
　오늘은 도쿄 쓰키지 국립암연구센터에 세컨드오피니언을 들으러 가는 중대한 이벤트가 있다.
　요 며칠 몸 상태가 좋지 않아서 내가 나갈 수 없을 때는 남편과 오빠 둘이서 가기로 되어 있었지만, 나는 기어서라도 갈 작정이었다. 내 눈으로 보고 내 귀로 듣지 않고서는 납득이 가지 않으니 말이다.
　가발을 쓰고 오랜만에 신칸센을 탔다. 하늘이 화창해서 마스크를 쓰고 도쿄역에 내리자 더울 정도였다.

　결과적으로 세컨드오피니언은 B의료센터 주치의의 소견과 대부분 같았다. 대부분이라고 할까 거의 모두 똑같았다. 모르는 종류의 항암제를 하나 들었을 뿐이었다.

내 췌장암은 스티브 잡스가 걸린 특수한 것이 아니라 지극히 평범한 것이었다. 그래서 표준치료도 복잡한 게 아니라 지극히 심플했다.

세컨드오피니언을 준 의사는 머리가 아주 좋을 것 같은 사람이었다. 설명을 잘하고 느낌도 좋아서 우리 반응을 잘 헤아려주었다. 그리고 나 자신이 아직 갈팡질팡하는 것을 파악하고서, 길을 찾아 선택지를 명확하게 제시해주었고 강요하는 느낌 없이 유도해주었다.

그리고 B의료센터의 선생님과 달랐던 점은 남은 시간이었다. 그 선생님은 내 예후를 4개월, 화학요법을 실시해서 효과를 본다고 해도 9개월이라고 했다.

처음으로 직접 의사에게 내 증상을 들은 오빠는 역시 충격을 받은 듯했다. 충격을 받으면서도 암센터 앞에 펼쳐진 광대한 쓰키지 시장터를 가리키며, 여기는 대규모 코로나 백신 접종소가 될 거라고 알려주었다.

돌아가는 길의 신칸센 플랫폼에서 그때까지

실컷 들은 말인데도 느낌이 확 와닿지 않았는
데, '4개월이면 고작 120일이잖아' 하고 갑자기
실감이 들어서 눈물이 멈추지 않았다.

2006년에 가루이자와에 집을 사고 나서 셀
수 없을 만큼 몇 번이나 도쿄역과 가루이자와
역을 신칸센으로 왕복했다. 그것도 정말 이걸로
마지막인가 생각하자 너무나도 아쉬웠다.

하지만 울면서도 '120일 후에 죽는 후미오*'라
는 책을 내면 표절일까 생각했다.

귀가했지만 샤워를 하고 싶은 마음이 들지 않
아 잠옷으로 갈아입고 침대로 들어갔다. 이제
곧 죽는다는 사실을 알아도 읽던 책의 다음 내
용이 궁금해서 읽었다.

가네하라 히토미 씨의 『언소셜 디스턴스』는
죽는 걸 잊을 만큼 재미있다.

---

* 『100일 후에 죽는 악어』라는 책이 있으며 한국에도 출간되었다.

6월 2일(수요일)

통증도 없고 구역질도 나지 않는 상쾌한 아침
이었다.

어제 쌓인 피로가 몰려와서 앓아눕지 않을까
염려하고 있었지만 괜찮았다.

여름에 출간하게 된 단행본 교정 작업에 돌입
했다.

저녁 무렵에 욕조에 들어갔다. 얼마만인지 모
를 만큼 오랜만에 입욕을 해서 그만 너무 오래
들어가 있는 바람에 머리에 피가 솟구쳐서 몸이
나른해졌다.

현기증이 나는데도 한기가 들어서 또 열이 나
는 게 아닌가 염려스러워져 오리털 조끼를 껴입
고 침대에 들어갔다.

밤중에 화장실에 가려고 일어났는데 남편이
거실에서 코를 골면서 자고 있어서 깨우려고 했
지만 잠시 생각하다가 그대로 두었다. 이 사람
이 지금 '아내가 이제 곧 죽는 일'에서 해방되는
건 자고 있을 때뿐이라고 생각해서였다.

남편이 가여워서 괴로웠다. 뭔가 해주고 싶었
지만 아무것도 할 수 없다.

6월 3일(목요일)

열은 나지 않아서 마음을 놓았다.
단편집 교정 작업을 담담하게 했다. 고요한
하루다.

6월 4일(금요일)

폭우 탓인지 병 탓인지 묵직한 권태감에 누워
있었다.
침대 안에서 교정지를 읽었다.
남편이 벽장을 정리해서 오래된 대량의 비디
오테이프를 처분해주었다. 옛날에 출연한 텔레

비전 방송도 꽤 있었지만 볼 마음이 전혀 들지 않았다.

식욕이 없는 것과 공복인 것은 별개로 지나친 공복에 현기증이 나서 무리해서라도 무언가 먹어야겠다며 일어났다.

남편이 우자쿠*를 만들어주었는데 그게 엄청 맛있었다. 그리고 밥을 공기의 3분의 1 정도 먹었다.

그렇게 마르고 싶다고 생각했는데 지금은 하루하루 체중이 줄어간다.

6월 5일(토요일)

어제 계속해서 구역질이 가라앉지 않아서, 남편이 A병원에 연락을 해주어 다른 구역질 진정제를 처방받았다.

그걸 복용하고 침대 안에서 교정지를 읽었다.

_____

* 장어와 오이를 넣은 초절임이다.

아무것도 하지 않고 자는 편이 낫다는 건 알지만, 조금이라도 빨리 교정을 마치지 않으면 단행본 발매를 이 눈으로 볼 수 없다는 느낌이 들어서 초조했다.

그리고 어제와 마찬가지로 먹어야 한다고 비장한 각오를 다지고 음식을 입에 넣었다. 그런데도 건강할 때의 4분의 1 정도밖에 못 먹었다.

아무것도 생각하고 싶지 않다.

과거에도 미래에도 시선을 돌리지 않고 어제, 오늘, 내일 정도만 생각하면 꽤 편해질 거라면서도 정신을 차리고 보면 과거의 즐거운 일이나 그걸 잃은 미래로 머릿속이 가득해져서 괴로웠다.

현재만을 바라보는 테크닉은 종교로 수련하는 고승 같은 사람만 할 수 있는 일일지도 모른다. 그리고 엄청난 장인은 무의식적으로 가능할 법하다.

6월 6일(일요일)

자도 자도 졸리다.

점심 전에 한 번 깼지만 권태감이 장난 아니어서 오후에 다시 잤다.

밤이 되어 조금 나아져서 일어나 저녁을 먹었다.

식사 후 남편과 녹화해둔 「아메토크!」를 봤다.

아하하 웃으며 전부 다 보고 나니 마음이 무방비해졌는지 '아, 몸이 나른해라. 이거 언제 나으려나?' 하고 생각하다가, '아, 그러고 보니 이제 안 낫지. 나빠지기만 하다가 끝나지'라는 사실을 깨닫고 엉엉 울었다.

내 인생은 충실하고 좋았다.

58세에 맞는 죽음은 조금 이르지만 짧은 생애가 아니었다.

내 체력이나 타고난 능력을 생각하면 참으로 잘 살았다고 본다. 20대에 작가가 되어 이 나이까지 어떻게든 먹고 살아오다니 정말 대단하다.

지금의 남편과 보낸 생활은 즐겁기만 했고 참으로 행복했다. 서로 존중했던 관계다.

아무리 좋은 인생이든 나쁜 인생이든 사람은 동등하게 죽는다. 그게 빠르거나 느리거나 할 뿐, 홀로 남지 않고 누구든 마지막이 찾아온다.

이 끝을 나는 과부족하지 않은 치료를 받고 사람들에 둘러싸여 돈 걱정 없이 맞이할 수 있다.

그래서 지금은 기분이 평온하다……, 남은 날을 선고받으면 그런 기분이 들 줄 알았는데 그게 아니었다.

죽고 싶지 않다, 뭐든 할 테니 도와달라, 하는 몸부림과는 다르지만 이것저것 할 것 없이 달관한 신성한 미소를 지을 수 없다.

그렇게 쉽게 떨쳐낼 수 있을까, 이 바보야! 라고 신에게 말하고 싶은 심정이다.

6월 7일(월요일)

어제보다 몸 상태가 꽤 좋아져서 단행본 교정
지를 읽는 작업을 착실히 했다.

밤에 남편과 후지이 가제가 부도칸에서 한 라
이브 블루레이를 보았다. 후지이 가제, 어쩜 저
렇게 멋있을까. 실제로 보고 싶었는데.

6월 8일(화요일)

남편이 도쿄로 가서 내가 빌린 원룸에 업자를
불러 냉장고나 세탁기, 부엌과 세면대의 자잘한
물건까지 전부 폐기처분 해달라고 했다.

식품이 남아 있어서 돈이 좀 많이 나왔지만
하는 수 없다. 식품마저 처분할 수 없을 만큼 갑
작스러운 일이었다.

텅 빈 방 사진을 남편이 보내주었다. 입주하
기 전의 방으로 완전히 돌아온 사진을 보고 임

차했을 때의 설렘을 떠올렸다.

사실은 올해 아무 일도 없었으면 이 공간에서 좀 더 넓은 공간으로 이사를 갈 계획을 세우고 집을 구하고 있었다. 『자전하며 공전한다』가 내 예상보다 훨씬 잘나가서 저축 액수가 늘어나 65세 정도까지 도쿄에서 보내는 시간을 늘려 일(과 놀이)에 좀 더 노력을 기울이려고 했다. 그때는 이렇게 될 줄은 조금도 생각지 못했다.

남편이 없는 시간 동안 열심히 해서 교정 작업을 끝냈다.

발매는 8월 말이나 9월 초가 될 듯하다.

그걸 볼 때까지는 이 세상에 있고 싶지만 어떻게 되려나.

6월 9일(수요일)

시누이가 간사이에서 일부러 병문안을 와주

었다.

엄마와 오빠 말고 다른 사람이 병문안을 온적이 아직 없어서 전날부터 나는 상당히 경직되어 있었고 분명 시누이도 긴장했을 테다.

그야 살날이 4개월 남아 있고 이제 할 수 있는 치료가 없는 사람에게 할 말이라니, 너무 어려운 질문이다. 나였다면 뭐라고 하면 좋을지 모르겠다.

시누이는 현관으로 들어와서 우선 나를 끌어안아 주었다. 그렇구나, 허그구나! 라고 마음속으로 무릎을 탁 쳤다.

그리고 평소와 같은 미소를 보여주었다. 시누이는 암이 발견되기 전에 위통이라고 생각했을 무렵부터 전화로 내 건강이 안 좋다는 이야기를 듣고 걱정해주었다. 하지만 이날은 병 이야기는 그다지 하지 않았고 물론 이별의 인사 같은 것도 하지 않았다. 나중에 들은 이야기지만 오늘은 되도록 즐거운 이야기만 하려고 했다고 한다.

2시간 정도 이야기하고 시누이는 남편과 식사를 하러 나갔다. 나는 이제 외식하기가 어려워서 집을 지켰지만, 무엇보다도 이번에는 시누이가 남편의 이야기를 들어주는 게 나는 제일 도움이 되었다고 할까 기쁜 일이었다.

남편은 아마 자신의 지인이나 절친 대부분 아무에게도 내 병세에 대해 이야기하지 않아 분명 마음에 쌓인 게 가득할 터였다. 자신의 아내가 살날이 4개월 남았고 더 이상 할 수 있는 치료가 없다는 소리를 들으면 남편의 친구들이 곤란해할 거라고 생각할 테니 말이다.

갑자기 20피트가 넘는 큰 파도가 덮쳐와 둘만 무인도에 떠내려 온 듯한, 세상의 흐름에서 멀어진 것 같은 우리도 앞으로 조금씩 무인도에 친한 사람을 초대해서 작별 인사(마음속으로)를 해야 한다.

그리고 생각한 건 이 글에 대한 것이다.

나는 이런 일기를 쓰는 의미가 있을까 문득 생각했다.

살날이 4개월 남았고 할 수 있는 치료도 없는, 구제할 길이 없는 사람의 글을 아무도 읽지 않고 싶어 하지 않을까.

이건 '120일 후에 죽는 후미오'라는 제목으로 트위터나 블로그에 실시간으로 갱신하는 편이 먹히지 않을까.

하지만 그건 바라고 있는 것에서 꽤 동떨어져 있다. 그렇기 때문에 작가로서 아직 부족할지도 모른다.

그렇다면 아무것도 써서 남기지 말고 산뜻하게 이 세상에서 떠나면 되는데 노트에 볼펜으로 꼼지락대며 쓰는 게 뭐라고 할까, 인정받고 싶은 욕구를 미처 버리지 못하는 소심쟁이라고 할까.

적어도 이 글을 쓰는 걸 이별의 인사로 받아들여주기를 바란다.

6월 10일(목요일)

몸 상태가 아주 좋다.

지금의 내 생활의 질을 떨어뜨리는 3대 요소

'통증', '구역질', '발열' 중 아무것도 없어서 무척이나 마음이 평온하다.

식욕은 여전히 별로 없지만 체중이 떨어지는 걸 막을 정도로는 먹고 있다.

병이 생기기 전에는 이 정도는 아니었지만 좌우지간 과일이 맛있어졌다. 특히 수박. 수박은 예전에는 한여름에 한두 번밖에 먹지 않았는데 지금은 매일같이 수박을 먹고 있다. 그리고 비파, 귤, 자몽도.

과일 말고는 셔벗과 아이스크림이 좋다. 하겐다즈는 예전에는 칼로리를 신경 써서 가끔씩만 먹었는데 지금은 먹고 싶은 대로 먹는다.

오늘은 평화롭게 끝나겠구나 싶었는데 밤에 남편이 인후통을 호소하며 38도나 열이 났다. 건강해서 앓아눕는 일이 거의 없는 남편이 열이 나니 놀라서 다급히 카로날을 먹이고 재웠다.

설마 코로나인가 해서 오싹했다.

지금 남편이 쓰러지면 나는 혼자 살아갈 수 있을까. 아니, 어쩌다가 남편이 나보다 먼저 죽

으면 나는 호스피스 병원을 찾아다 들어가는 수
밖에 없을지도 모른다.

6월 11일(금요일)

  이튿날 아침에 남편의 열이 뚝 떨어지고 몸
상태도 씻은 듯이 회복되었다.
  다행이다. 일단 안심했다.

  의료용 가발을 만든 가게로 가발을 정리하고
내 머리를 커트하러 갔다.
  나는 한 번밖에 항암제를 투여하지 않은 탓에
머리가 빠진 상태도 조금 어중간해서 패잔병 같
아(중간은 빠지고 주변은 빙그르 남아 있다) 남
은 머리를 전부 커트해서 정리했다.
  머리가 없고 맨살이 이상하게 하얘, 이래서는
사람을 만날 용기가 나지 않는 상태였다. 적어
도 짤막한 커트라고 할까, 인형 몬치치 정도의

양까지 얼른 늘었으면 좋겠다.

의료용 가발은 인터넷으로 검색해서 여러모로 고민한 끝에 대기업 가발 회사에서 비싼 걸 맞추었다.

가발 그 자체보다도 대기업에서 맞추면 가게에 개별 미용실이 딸려 있어, 항암제로 빠진 머리를 연수받는 미용사에게 몇 번인가 무료로 정리받을 수 있어 좋다고 생각해서였다.

친한 미용사가 있다면 가발도 저렴하고 좋은 게 있는 듯하니 그것도 괜찮다고 생각한다.

내 머리를 오랜 세월 잘라준 미용사가 있지만 도쿄고 개인숍도 아니어서 그건 단념했다.

더구나 아플 때는 돈을 지불하는 만큼 자세히 잘 아는 사람이 친절히 대해줬으면 하는 게 본심이다.

그 대형 매장에서는 가발을 맞출 때 머리카락뿐만 아니라 항암제 증상에 대처하는 법도 여러모로 배울 수 있어서 무척이나 기뻤다.

6월 12일(토요일)

오전 중에 세무사가 보낸 세무자료를 작성하는 법을 남편에게 가르쳐주었다. 앞으로는 남편이 세무사와 이야기를 주고받게 된다. 몇 개월 후에 나는 이 세상이라는 직장을 떠나기에 그 인수인계였다.

오후에는 정원에 이장하려고 생각하다가 기회를 놓친 4년 전에 죽은 반려묘 사쿠라의 뼈를 묻기로 했다.

그냥 묻기도 뭣해서 나무 몇 그루를 심을까 의논했지만, 그 나무 종류와 장소도 정하지 못해 미루고 미루었다.

하지만 이제 나에게 남은 시간도 적어서 실현시켜야 한다고 남편은 생각했는지, 정원수를 다루는 가게나 조경회사에 연락을 해주었다. 하지만 지금 가루이자와는 코로나로 건축 붐이 일어서 조경회사가 하나같이 몹시 바빠 거절당했다. 그때 홈페이지도 없는 지방 조경회사까지 남편이 갔다가 오늘이라면 비어 있다고 해서 급하게 납골하게 되었다.

사실은 준베리라는 나무를 심으려고 의논했지만, 준베리는 어딜 가도 다 팔려서 화살나무로 정해졌다.

직원이 와서 얼른 구멍을 파 사쿠라의 뼈를 넣고 나무를 심어주었다.

남편과 둘이서 선향을 올리고 합장했다.

고양이 납골을 할 때 나는 실은 상당히 놀랐다.

그건 지금 이 단계에서 고양이의 뼈를 묻고 그곳에 묘목을 심고서 더구나 그 나무를 '사쿠라의 나무'라고 이름을 붙이는 남편을 보고, 이 사람은 내가 사라진 후에도 이곳에 살 생각이라는 걸 알아서였다.

만약 남편이 병이 들어 내가 간호하는 입장이라면 그러지 않았을 듯하다. 무척이나 마음에 들고 살기 좋은 집이고 애착이 가는 건 마찬가지지만, 나는 만약 남편이 죽으면 남편의 추억이 없는 장소로 이사를 가리라고 본다. 그렇지 않으면 살아갈 수 없을 듯하다. 당연하지만 남편과 나는 다른 사람이라는 걸 실감한다.

　나도 '사쿠라의 나무' 아래에 묻어주면 좋겠
다, 는 농담이 떠올랐지만 역시 하지 못했다.

6월 13일(일요일)

　역시 몸 상태가 좋다.

　이거 뭐지? 나 진짜 이제 곧 죽는 거 맞아?

　나와 남편 사이에 4월의 암 선고 때부터 감돌
고 있던 긴박감이 최근에 조금 옅어진 느낌이
든다. 세컨드오피니언에서 결정타를 맞았을 텐
데 우리 사이에 근거 없는 '뭔가 잘못된 게 아닐
까?' 하는 공기가 떠오른 느낌이 들었다.

　아니, 그래도 그건 착각이라고 나는 알고 있
고 지나치게 꺼림칙한 농담이라서 말로는 하지
않았지만, 나한테는 뱃속에 에이리언의 아이가
있다는 것을 도무지 잊을 수 없었다.

　옛날에 본 「에이리언」이라는 영화에서 에이

리언의 공격을 우선 피한 우주선 승무원들이 평
온하게 저녁을 먹는 신에서 갑자기 괴로워하며
쓰러진 남성의 배를 가르고 나와 "끼익" 하고
울며 도망친 아기 에이리언. 그 신이 너무 무서
워서 지금도 머리에 각인되어 있다(참고로 영
화를 본 건 그 한 번뿐이다). 그게 내 배에 있는
거다. 그리고 시시각각 자라고 있다.

통증도 구역질도 지금은 강도가 센 약으로 억
누르고 있지만, 때때로 틈을 타서 움찔움찔 등
이 아프거나 하면 나는 혼자 영화를 떠올리고는
새파래진다.

6월 14일(월요일)

남편이 용건이 있어 외출해, 집에서 혼자 내
내 아직 해결하지 못했던 사안이던 수기 유언장
을 썼다.

괜찮다고 생각해도 자신이 사라진 후에 가족

이 돈으로 다투는 일이 생기면 슬프니까.

아버지가 돌아가셨을 때 아버지는 "사이좋게 나누렴"이라는 애매한 말밖에 남기지 않았다. 그래서 이야기를 해보니 오빠와 나한테는 미묘하게 의견의 차이가 있어 상속이 매끄럽게 진행되지 않았다. 어떻게든 해결됐으니 다행이지만 재산이 있든 없든 유언장을 쓰자고 그때부터 정했다.

되도록 간략하게 썼는데 틀리면 안 된다 싶어서 여러모로 공부를 하느라 덜컥 피곤해졌다.

6월 15일(화요일)

요즘 들어 무기력하다.

뭔가 하려고 해도 그건 거의 이 세상에 이별을 고하기 위한 단사리*라서(옷을 버리거나 책을 버린다) 즐거운 작업이라고 딱히 말하기 힘

---

* 斷捨離, 불필요한 것을 끊고 버린다는 뜻이다.

들다.

남편과 둘이서 즐겁게 보기 시작한 드라마 「오마메다 도와코와 세 명의 전 남편」도 녹화분이 쌓여서 오늘 오랜만에 봤다.

실은 나는 도와코의 친구 가고메가 죽은 회차부터 이 드라마를 볼 마음이 사라졌다. 그 회차를 보고 왠지 자신에 대입해서 생각해 나의 내면에서는 살아남아 친구나 지인을 돌보는 것은 반드시 나라고 착각하고 있었던 게 백일하에 드러난 느낌이었다.

갑자기 죽는 건 내가 아니다. 나는 친구 지인, 남편이나 가족, 모두의 병시중을 들고 마지막에 죽을 줄 알았다. 어쩜 이렇게 오만할 수가 있을까.

그것과는 별개로 「오마메다 도와코와 세 명의 전 남편」 후반부의 느끼한 면이 나한테 안 맞네 싶었는데 순수한 남편은 엉엉 울고 있었다.

도와코, 전혀 고독하지 않았다. 무슨 일이 있으면 다정하게 대해주는 전 남편이 셋이나 있고 엄마를 생각해주는 딸도 있다.

드라마 자체는 솔직담백하고 재미있다.

내 개인적인 감상일 뿐이다.

6월 16일(수요일)

잠에서 깼더니 오후라서 놀랐다.

약 때문이기도 하지만 그렇다 치더라도 매일 11시간 이상 자고 있다(아마 그건 좋은 일이라고 본다).

잠을 너무 충분히 자서 남편과 차로 20분 거리에 있는 플라워숍과 함께 운영하는 카페로 갔다.

그곳은 우리가 제일 좋아하는 카페로 도쿄역 빌딩에 흔히 들어서 있는 근사한 꽃집을 더 멋지게 만든 가게다. 가격은 그 절반 정도로 멋진 플라워숍 카페인 것이다.

가게가 널찍하고 자리와 자리 사이가 떨어져 있어 설령 만석이 되어도 전혀 빽빽하지 않다. 테라스석에서 보이는 신록은 어제 비 때문이기

도 해서 남쪽 섬의 녹음처럼 물방울이 방울져
떨어졌다.

그런 근사한 카페에서 나는 남편에게 "장례식
은 어떤 식으로 하려고 해?"라고 조심스럽게 물
어보았다.

예상대로 남편은 눈물이 글썽했다.

나는 장례식은 남겨진 사람을 위한 것이라고
생각해, 남편이 바라는 대로 하면 된다고 생각
했지만 일단 명부도 준비하고 싶어서 ……미안
해, 한 번밖에 못 물으니까, 라고 사과하면서 물
었다.

남편은 그런 유의 이야기에 제일 약해서 물론
어른이라서 생각하지 않는 건 아니겠지만 나와
그런 이야기를 하는 게 고통일 거라고 생각한다.

하지만 남편이 지금 하는 생각을 이야기해줘
서 다행이었다. 나도 그렇게 해주면 안심이라고
여겼다.

꽃을 한가득 사서 집으로 돌아왔다. 죽은 후
에는 받아도 볼 수 없으니 살아 있는 동안 꽃을
많이 사랑하고 싶다.

6월 17일(목요일)

평온하게 활짝 갠 고요한 하루다.

책상에 앉은 남편은 「문예춘추」를, 나는 「주간문춘」을 계속해서 읽으며 보냈다.

6월 18일(금요일)

약 1달 만에 B의료센터로 통원하는 날이다.

요즘 들어 내내 건강해서 주치의인 K선생님에게 '머리가 빠지고 세컨드오피니언에서 살날이 4개월 남았다는 소리를 들었지만 저 건강해요!'라고 (마음속으로) 말하면서 건강한 내 모습을 보여주려고 했는데 어째서인지 오늘 아침은 구역질이 나서 기분이 가라앉았다.

차로 40분이나 걸려 이동하자 더더욱 멀미가 났기 때문에 남편이 걱정을 해서 대기실이 아니라 응급환자용 침대에서 누워 진찰을 기다리게 되었다.

　슬프다.

　하지만 K선생님은 오늘 어쩌다가 상태가 좋지 않았다는 사실을 이해했는지 평소보다 온화했다고 할까, 화학요법을 쓰지 않으면 이제 딱히 할 치료도 없어서 따스하게 지켜봐주는 듯한 느낌이었다.

　카운슬러인 I씨도 얼굴을 내밀어주었다. I씨는 이 병원의 암상담지원센터 관계자로 치료나 세컨드오피니언, 완화의료 등 수많은 상담을 해주고 구체적으로 도와준다.

　아버지가 몇 년 전에 돌아가셨을 때도 지방 암센터에 그런 상담창구가 있었을 텐데 활용하지 않은 것이 참으로 속상하다.

　I씨가 내가 쓴 『자전하며 공전한다』가 병원 도서관 추천 코너에 놓여 있다고 알려줘서 보러 갔더니 무척이나 큰 보드와 POP를 세워서 소개하고 있어서 감격했다. K선생님과 I씨에게 추천해서가 아니라 우연인 모양이다. 도서관 사서 분, 감사합니다!

6월 19일(토요일)

어제에 이어서 몸 상태가 저조하다.

미열도 이어지고 있다.

몸이 안 좋으면 당연하지만 나쁜 일만 생각이
나서 툭 하면 눈물이 난다.

6월 20일(일요일)

몸 상태가 회복된 것 같다. 점심에 남편이 돼
지고기김치볶음을 만들어줘서 맛있게 먹었다.
이제 나는 장을 보러 가지도 않고 식사도 차리
지 않는다(아침에 자신이 먹을 빵을 굽는 것 정
도는 가끔 한다).

지금은 부엌도 냉장고도 완전히 남편의 관할
하에 있다.

얼마 전까지만 해도 이 가루이자와 집에는 내
가 거의 혼자 살고 있었고 주말에 남편이 찾아

오는 생활을 보냈다.

그래서 냉장고 내용물 관리도 거의 내가 했다. 그게 지금은 주도권이 완전히 남편에게 넘어갔다.

나는 어린아이처럼 식사나 간식으로 뭐가 나오는지 모르는 상태로 가만히 앉아 있는다. 요전번에 오랜만에 팬케이크를 만들어줘서 "와" 하고 접시에 놓인 노릇노릇하게 구워진 팬케이크에 버터를 바르고 메이플시럽을 뿌려 입에 넣었다가 '응?' 하는 생각이 들었다. 뭔가 다르다, 내가 아는 핫케이크믹스 맛이 아니라고…… 생각해서 가루 봉투를 보자 콩비지 팬케이크믹스라고 내가 가장 사지 않는 거였다. 그래서 노골적으로 실망한 표정을 짓고 말았다.

내가 마지막으로 혼자 차를 타고 장을 보러 간 것은 달력을 보면 3월 30일로 그 후에는 강한 진통제를 복용하기 시작해서 운전하지 않는다. 장은 간혹 남편을 따라 가서 내가 먹고 싶은 걸 조금 사는 형식이 되었다. 참고로 혼자서 외출한 건 4월 25일이 마지막이다.

남편은 나를 배려해서 "혼자 있고 싶으면 말해"라고 해줬지만 나 자신도 내 기분을 모르겠다.

혼자서 일을 하는 것, 혼자서 무언가를 생각하는 것, 혼자서 느긋한 시간을 보내는 것, 혼자서 길을 걷고 혼자서 가게에 들어가는 것, 혼자서 여행을 가는 것. 오랜 세월 당연한 듯 혼자 행동해왔지만 그러한 것들이 순식간에 멀어졌다.

지금은 남편이 없으면 생활이 되지 않는 상태가 되었다.

……라고 여기까지 일기를 쓰고 자려고 한 후의 일이다.

아무 징조도 없이 나는 태어나서 처음으로 제일 심한 한기에 휩싸여 이불 안에서 경련하듯이 떨었고, 당황한 남편이 방문치료를 받고 있는 병원으로 전화를 하자 다급히 부산을 떨며 찾아온 병원 관계자도 이 정도면 응급 이송해야 한다며 119로 전화를 하는 사태가 벌어졌다.

급변이란 바로 이런 것이다. 어금니를 딱딱거리면서 에반게리온의 포트로 향하며 '사태급변!', '응급이송!'이라고 내 머릿속에서 글자가 가로질러가는 것을 보고 있었다.

내 침실에 나, 남편, 병원 관계자 두 분, 구급대원 세 분, 총 일곱이 집합해서 완전히 사람으로 꽉 찼다.

내 체온은 30분 동안에 39도까지 폭발적으로 상승했고 구역질도 정점에 도달해, 나 말고 다른 여섯 어른이 마른침을 삼키고 지켜보는 가운데 웁 하고 구토를 하고 말았다.

아무도 이제 '상태를 살펴보죠'라는 느긋한 소리를 하지 않았다. 나는 구급차에 훌쩍 실려 B의료센터 길을 평소의 절반 정도 되는 시간으로 이송되었다.

아마 응급실 입구에 0시를 넘어서 도착했을 것이다.

6월 21일(월요일)

기나긴 하루가 시작되었다.

심야에 고열로 이송된 나는 연달아 이어지는 검사로 한숨도 자지 못했다. 그리고 남편은 응급실 앞의 대기실에서 아무 소식도 듣지 못한 채 4시간이나 기다렸다.

이른 아침에 주치의 K선생님이 달려와줘서 내 입원과 앞으로의 치료가 정해졌다.

힘이 쭉 빠진 남편이 택시로 일단 집으로 돌아가는데 코로나로 24시간 운행하는 택시 회사가 없어, 역 옆에 있는 편의점에서 첫차를 기다리다가 돌아갔다고 한다. 그리고 집으로 돌아가자마자 놓아두고 온 내 약을 가지고 차로 병원으로 돌아가려고 했을 때, 내 내시경 수술이 아침 9시에 시작되게 되어 그길로 남편은 수술에 입회했다. 나뿐만 아니라 남편도 쓰러져도 이상하지 않은 상태였다.

나는 어쨌거나 내내 고열이 떨어지지 않아 끙끙 앓는 수밖에 없었다.

그리고 이 예상 밖의 며칠의 입원은 지금까지 한 입원과는 전혀 다른 큰 대미지를 주었다.

돌이켜보면 고작 3박 4일 되는 입원이었지만 받았던 타격은 차원이 달랐다. 육체적으로도 정신적으로도 이 입원에는 호되게 당했다.

제2장

2021년 6월 28일~8월 26일

6월 28일(월요일)

내 죽음에 대한 사무처리를 남편과 조금씩 하고 있다.

어제는 내 은행계좌나 각종 로그인 ID와 패스워드를 전달했다.

오늘은 내가 죽은 후의 장례식(친인척만)과 추모회(그 외의 분들)의 명부를 작성했다.

저번 주 입원 때까지 우리는 남은 수명을 주치의와 세컨드오피니언 의사에게 확실히 들었는데도 마음속 어딘가로 아직 앞의 일을 안이하게 생각했다는 걸 알았다.

하지만 저번 주에 몸 상태가 급변해서 나도 남편도 그날이 언제 와도 이상하지 않다고 뼈저리게 알았다.

이제 나도 남편도 예전만큼은 울며 아우성치
지 않는다.

6월 29일(화요일)

S사의 편집자 S씨가 일부러 PCR검사까지 받
아서 병문안을 와주었다.

S씨는 작년에 『자전하며 공전한다』를 작업해
준 분이다. 정말 오래 교류하며 여러 국면을 S
씨와 둘이서 극복해왔다.

시누이가 왔을 때도 생각했지만 나를 만나러
오는 건 참으로 긴장되리라고 생각한다. 뭐라고
말을 걸어야 좋을지 알 수 없을 테니까. 용기를
내서 만나러 와줘서 정말 기뻤다.

그리고 S씨와 나는 『자전하며 공전한다』의 처
음 담당편집자였던 유카 씨를 도중에 병으로 잃
었다. 나까지 정말 미안하다고 솔직히 생각했
다.

하지만 오늘은 S씨와 나와 남편은 되도록 밝은 이야기를 했다. 남편도 예전에는 문학 세계에 몸담고 있어서 여러 사람들의 별다를 것 없는 소식이나 코로나나 백신 이야기를 했다.

나와 남편 단 둘이 있는 무인도에 바깥에서 사람이 표류해 와서 풍문을 알려주는 즐거움이 느껴졌다.

이 일기를 수기로 쓰고 있다는 사실을 S씨에게 털어놓았다.

활자로 만들어줬으면 하는 마음이 있는 반면, 이런 걸 누가 읽을까, 누가 읽어서 재미있어 할까?라고 스스로도 아직 회의적이라며 왠지 모르게 애매모호한 소리를 했다.

S씨는 책으로 만들겠다고 말해주었지만 가능하면 고치면서 타이핑하고 싶다. 하지만 컴퓨터를 마주할 체력이 없어 불안하다.

S씨와는 30분 정도 이야기를 나눌 생각이었는데 즐거워서 두 시간 정도 수다를 떨었다.

6월 말에 먹으면 액막이를 할 수 있다는 '미나

즈키'라는 화과자를 같이 먹었다.

또 봐요, 여름에 봐요, 반드시 봐요 라고 말하며 헤어졌다.

역에서 헤어지자마자 눈앞이 일그러졌다.

6월 30일(수요일)

어제 S씨가 돌아가자마자 열이 나서 오늘은 만약을 위해 침대에서 거의 하루를 보냈다.

입원만큼은 이제 정말 하기 싫어서 신중을 기했다. 의사나 간호사가 아무리 친절하게 대해줘도 나한테 병원이라는 건 조금씩 존엄성을 갉아먹히는 장소다.

특히 지금은 코로나 시국이라서 면회도 금지라 완전히 고립무원이나 다름없다.

여름 끝자락에 나올 신간, 단편소설집 『바닐라』의 재교정지가 와서 보았다. 질문뿐이라서

30분 정도 만에 끝났다.

　식욕이 꽤 돌아와서 떨어진 체중도 회복되었다.

　죽음을 선고받았을 때 더 이상 공부를 하기 위한 독서는 하지 않아도 된다고 생각했던 게 사실이고, 실제로 집에 있던 읽지 않았던 책을 많이 처분했다.

　다음 장편으로 지금 일본에 있는 무국적 여성의 이야기를 쓰려고 해서 호적 책을 많이 모았다. 호적이 없어도 다부지게 살아가는 사람도 있고 호적에 얽매여 살아가는 사람도 있다, 그런 대비와 그들의 미래를 쓰고 싶었다.

　하지만 이제 쓸 수 없으니 누가 써주면 좋을 것 같다.

　그리고 그다음 책은 『바닐라』에 수록된 「20×20」이라는 단편에 나오는 순문학 작가에서 밀려난 여성을 주인공으로 한 연작단편집을 쓰자고 생각했다.

　표현은 사람을 상처주고 때로는 고소를 당하

기도 하는데 표현을 멈출 수가 없다. 도작 같은
짓을 해서까지 창작에 물고 늘어지는, 머리에
나사가 하나 빠진 사람을 쓰려고 했다.

　이건 사소설까지는 아니지만 나 자신이 오랫
동안 문학 세계에서 보아온 것을 담으려고 했
다. 하지만 이것도 더 이상 완성시킬 수 없기에
누군가가 써주면 좋을 듯하다.

　미래를 위한 독서가 사라지면 이제 아무것도
읽고 싶은 게 없을지도 모른다고 생각했지만,
내 머리맡에는 읽지 않은 책이 쌓여 있는 코너
가 있고 매일 밤 그중에서 그날의 기분에 맞춰
서 책을 선택한다. 미래는 없어도 책도 만화도
즐겁다. 무척이나 이상한 일이다.

7월 1일(목요일)

7월이 되었다.

집에 불필요한 게 아직 산더미처럼 있어서 정리하고 계속 버려왔지만 왠지 그것도 지쳤다. 아니 질렸다.

미열이 내려가지 않아 오늘도 나른하게 시간을 보냈다.

밤중에 갑자기 몸이 가려워져서 때마침 일어난 남편에게 뜨거운 물수건을 만들어 등과 머리를 슥슥 닦아달라고 했다.

그러고 보니 빠진 머리카락이 조금씩 자라고 있다.

얼른 모자나 가발을 쓰지 않고 바깥을 걸어다니고 싶다.

7월 2일(금요일)

재택의료 선생님이 정기방문을 하는 날이었다.

저번 주에 갓 퇴원했을 때도 오셨는데 "저번 주에 비해 많이 건강해졌군요"라고 해서 기뻤다.

평범한 의사 선생님과 달라서 1시간 내내 세상사는 이야기를 비롯한 여러 대화를 나누었다 (최종적으로는 남편의 새 차 자랑까지 들어주었다).

그중에서 내가 자신에 대해 "의외로 나는 완고한 면이 있어서 유연하게 대처 못하는 일이 많은 것 같아요"라고 했더니 "의외가 아니에요! 완고하니 지금 이렇게 여기에 있잖아요! 좋은 일이죠"라며 웃어주었다.

확실히…… 그렇다며 나와 남편은 납득했다.

"이건 싫어!"라는 게 옛날부터 또렷했기에 나는 태어난 고향을 떠났고 회사를 관두고 작가가 되었으며 일의 양도 지나치게 늘리지 않았다.

완고하고 의지를 굽히지 않아 첫 남편과 이혼을
하고 지금의 남편과 재혼을 했으며, 가루이자와
에 집을 지어 인간관계를 최소한으로 좁힌 느긋
한 삶을 살아왔다.

　병에 걸린 건 안타깝지만 항암제도 한 번 투
여해서 '이건 누가 뭐라 하든 할 수 없다'고 정
할 수 있었으니 완고함도 쓰기 나름인 것으로
여겨야겠다.

　오늘 드디어 내 경차를 딜러가 가지고 갔다.
내가 사는 곳은 차가 없으면 생활이 힘들어서
차를 내놓는다는 건 자유롭게 사용하는 다리를
내놓는다는 뜻이다.

　운전하기 편한 차였다. 내 캐릭터와도 잘 맞
았다. 더 타고 싶었는데. 하지만 중고로 80만 엔
을 주고 산 차가 무려 75만 엔에 팔렸다. 참으로
가성비가 좋다.

　그리고 집 안에 대량으로 있던 가방을 정리했
다.

나는 가방을 좋아해서 TPO*에 맞춰 다양한 가방을 오랜 세월에 걸쳐 부지런히 모아왔는데, 이렇게 많은데도 더 이상 사용할 수 없구나 하고 울면서 버렸다. 옛날 에르메스라든가 디올도 프리마켓 앱에 팔 마음이 들지 않아 쓰레기봉투에 처박아 넣었다(에르메스 토트백은 나중에 남편이 꺼내서 사용하고 있다).

7월 3일(토요일)

작가 유이카와 케이 씨가 병문안을 와주었다.

유이카와 씨는 젊은 시절에 연인처럼 매일 연락을 주고받으며 정말 친했다. 해외여행도 같이 몇 번이나 갔다. 연상이고 동종 업계 선배지만 소중한 친구다. 참으로 신세를 많이 졌다.

가루이자와로 유이카와 씨가 먼저 이주를 해서 불안해하지 않고 이사를 했다. 이미 요 몇 년

* 시간(Time), 장소(Place), 상황(Occasion).

은 서로의 생활 반경이 다른 쪽을 향해 있어서 가끔씩만 만났지만, 나한테 역시 유이카와 씨는 특별한 사람이다.

이런 이야기를 할까 저런 이야기를 할까, 그런데 막상 만나면 울지 않을까 하고 마음의 준비를 하고 있었는데, 만나니 아무 말도 할 수 없었고, 눈물이 날 만한 이야기를 먼저 꺼낼 수도 없었다. 아마 유이카와 씨도 그랬을지도 모른다. 웃으며 즐겁게 헤어졌다. 헤어질 무렵에 유이카와 씨가 "뭐든 해줄 테니 언제든지 연락해"라고 말해주었다.

그날 밤에 나는 다시 37.5도의 열이 났다. 사람을 만나면 열이 나는 건 역시 긴장해서인가. 열이 나서 몇 번이나 잠이 들었다가 깨기를 반복했고 유이카와 씨와의 하루하루를 다시 생각했다.

제일 좋았던 추억은 (하나같이 다 좋은 추억이지만) 이혼 후에 메구로의 허름한 원룸 연립에서 혼자 살기 시작해, 그 후에 나카노의 이 또

한 허름한 방 두 개짜리 연립으로 옮겼을 때였다. 그 나카노의 연립에서는 꼬박 3년을 살았는데 비교적 정신적으로 안정된 생활을 하고 있었다. 엘리베이터가 없는 3층짜리 집에 세탁기를 두는 곳도 베란다에 있었지만, 역이 가깝고 집도 넓어서 유이카와 씨를 비롯해 여러 사람이 놀러와 주었다.

밥을 직접 지어 먹기도 했지만 나카노에는 아담한 식당이 많아, 낮에도 밤에도 나카노마루이 뒤편에 있는 가게에서 때울 때가 많았다. 근사한 찻집도, 근사한 바도, 근사한 레스토랑도 있었다. 산겐자야에 살던 유이카와 씨도 종종 나카노에 와주었다.

그 시기에 출판사 사람과 유이카와 씨의 권유로 다카오산에 가기로 해서 나는 새파래졌다. 좌우지간 운동 신경이 둔하고 체력이 없어, 아무리 다카오산이라고 해도 이대로는 민폐를 끼칠 것 같아, 약속이 정해진 한 달 반 정도 전부터 나는 자발적으로 강화 훈련에 들어갔다.

오전 중에 되도록 일을 마치고 오후에는 역

앞 수영장에서 수영을 하고 저녁 무렵이 되면 긴 산책을 하러 나섰다. 나는 오래 걷는 것도 그때까지는 좋아하지 않았지만 막상 걸어보자 무척이나 즐거워서, 저녁 무렵의 긴 산책을 나는 하루하루의 즐거움으로 삼게 되었다.

나카노역에서 주택지를 통과해서 히가시나카노로 갔다. 그곳에서 와세다거리로 나와 나카노 방면으로 돌아와, 오로지 걸어서 7번 순환도로를 넘어 고엔지까지 걸었다. 한숨 돌리고서 집까지 돌아오면 그 무렵에는 만보기조차 가지고 있지 않았지만 아마 8킬로미터는 될 테다. 점점 밤이 되어가는 도시의 경치를 음악을 들으면서 바라보며 멍하니 소설 플롯을 생각하거나 이것도 하고 싶고 저것도 하고 싶다고 즐거운 생각만 했다(그로부터 장거리 산책은 한동안 습관이 되었다).

정작 중요한 다카오산에서는 결국 도중에 빈혈이 나서 유이카와 씨에게 민폐를 끼치고 말았지만, 다카오산에서 능선을 따라 하루 걸어 마지막에 온천에 들어가니 무척이나 즐거웠다.

그 무렵에는 연애도 제대로 굴러가지 않았고 일도 좀처럼 결과가 나지 않아서 괴로웠지만 지금 돌이켜보면 놀랄 만큼 반짝이던 나날이었다.

7월 4일(일요일)

어제 일기를 다시 읽어보니 유이카와 씨와의 추억담이라기보다 '혼자서 긴 산책을 해서 즐거웠던 추억담'이었다.

옛날이야기를 너무 하면 남한테 미움을 살 것 같아 되도록 하지 않도록 해왔지만, 생이 끝나기 직전쯤에는 떠올려도 되지 않을까 하고 최근에는 조금씩 기억의 바다을 파헤치고 있다.

그리고 역시 강렬하게 즐거웠던 추억은 초등학교 시절에 근처 산에 혼자 올라가 노을을 봤다든가, 집을 나가 걸어서 30분 정도 거리에 있는 친척 집에 일주일이나 묵으러 갔던 그런 일이었다. 물론 친구와 단 둘이서 처음으로 찻집에 갔다든가 숙소를 예약해서 외박으로 해수욕장에 갔다는 건전한 추억도 있지만 말이다.

처음 혼자 요코하마에서 시부야까지 콘서트를 보러 가거나, 학교를 농땡이치고 영화를 보거나 하는 그런 일이 나한테는 웃음이 멈추지 않을 만큼 즐거워서 살아 있다는 실감이 난 순간이었다.

그런 나에게 있어서 취직한 회사를 관두고 전업작가가 되거나, 첫 결혼 생활을 후련하게 정리하고 독신으로 돌아오거나 하는 그런 일들은 괴로운 부분도 있기는 하지만 내심 '웃음이 멈추지 않는' 일이었다.

지금의 남편은 나의 그런 부분을 이해해줘서 내가 자유롭게 사는 것을 결단코 말리지 않았다.

도쿄에 아파트가 있는데 가루이자와에 집을 지은 것도 즐거워해 주었고 도쿄의 아파트를 팔아 내가 나만의 전용 원룸을 빌리겠다고 했을 때도 "흐으음"이라고 말했을 뿐 놀라지 않았다.

나는 겁이 많고 곧잘 불안해하지만 어째서인

지 평범함에서 반걸음 비어져 나와 있지 않으면 폭발적인 기쁨을 느끼지 못하는지 생각할 때마다 나라는 사람이 불가사의하다.

7월 5일(월요일)

오늘부터 수기로 쓰던 이 일기를 컴퓨터 문서로 치는 작업을 시작했다. 쳐보니 수기 일기는 수기인 만큼 엉망이었기에 이대로 활자로 발표한다고 생각하자 식은땀이 났다.

하지만 전부 다 문서로 바꿀 수 있을 것 같지 않다⋯⋯.

너무 열심히 했는지 밤에 다시 열이 났다.

7월 6일(화요일)

남편은 2년 전에 오랫동안 일하던 회사를 조기퇴직해서 지금은 매일 나를 서포트해주고 있다.

4월에 암이 발견되고서부터 한동안 둘 다 큰 감정의 파도에 농락당하는 작은 배가 되었고, 그 노도의 하루하루 속에서 남편은 '아내를 마지막까지 직접 돌보겠다'는 스위치가 들어간 듯했다.

집안일과 나를 돌보는 틈틈이 오랫동안 계속해오던 영어 공부를 하고 자신이 건강해야 한다며 하루하루 몸을 단련하고 있다.

최근에 내 상태가 저공비행을 하면서도 꽤 안정되자 치료도 통원도 하지 않는 나날을 보내고 있어 둘이서만 그저 느긋하게 시간을 보내는 일이 많다.

소파에서 남편 다리에 무릎베개를 하고 넷플릭스나 유튜브를 보거나 하면, 나이를 먹어 헤

엄치지 못하게 된 바다사자가 사육사에게 기대어 있는 듯한 느낌이 든다.

남편이 회사를 관두었을 때 좌우지간 가만히 있지는 못하는 사람이라 바로 일하러 나갈 거라고 생각했더니, 전문대학이나 단기유학을 갔을 뿐 나머지는 집안일을 하며 그걸로 충분하다는 기색이었다. 나도 남편이 매일 집에 있으면 싫지 않으려나 했는데 그렇지도 않았다. "일하는 게 나아?"라고 질문을 받았을 때 "인간이 일하려고 태어난 건 아니니 괜찮아"라고 대답하니 마음을 놓는 모양이었다. 하지만 그 후에 만연하게 된 코로나는 예상외였고 내 병은 더더욱 예상외였다.

그런 남편이 오늘 과음해서 직접 화이트소스로 만든 그라탱을 오븐에서 꺼내려고 하다가 미끄러져 뒤집고 말아 울기 시작했다.
요리를 하며 마셔서 이미 취하기도 했고, 기껏 만든 그라탱을 바닥에 쏟아버린 탓도 있지만, 이 사람은 그렇게 보이지 않아도 많이 참고 있구나 싶어 나도 조금 덩달아 울어버렸다.

망연자실한 남편을 침실에 데리고 가서 재우고 먹음직스럽게 노릇노릇해진 그라탱이 바닥에 철푸덕 퍼진 것을 정리했다.

나는 남편을 좋아하고 남편도 나를 좋아한다고 생각하지만 이제 곧 이별할 날이 온다. 헤어지고 싶지 않다.

7월 7일(수요일)

오랜만에 바깥에서 차를 마시러 갔다.

얼마나 오랜만인지 메모를 보니 병원에 실려 간 것을 빼면 3주 만의 외출이었다.

구급차로 실려 갔을 때 전자내시경으로 수술을 받고, 그때 주치의 K선생님에게 "이걸로 또 좋아하는 카페에 갈 수 있을 만큼 건강해질 거예요"라는 말을 들었지만, 좀처럼 외출할 만큼 에너지가 나오지 않았다. 하지만 오늘이라면 갈 수 있을지도 모른다며 과감하게 외출했다. 외출한다고 해도 옷을 갈아입고 가발을 쓰고 남편의 차 조수석에 앉아 있을 뿐이다. 그런데도 지금의 내 체력이라면 아슬아슬하다는 느낌이다.

장마 틈새에 모처럼 화창하게 개서 늘 가던 플라워숍 카페의 테라스석에 앉자 기분이 좋았다. 연일 비가 와서 녹음이 수분을 가득 머금고 있었고 조금 후끈후끈한 바람 속에서 블루베리 스쿼시를 마시고 있으니 발리의 우붓에 있는 것 같았다.

남편과 옛날에 갔던 우붓 코모샴발라라는 호텔을 떠올렸다. 만약 내세가 있다면 한 번 더 코모샴발라에 가고 싶다. 비싸지만(하지만 아만보다는 조금 저렴하다) 식사도 건물도 새롭게 느껴지는 곳이었다.

현생에서 후회하는 일이 있다면 어학 공부를 하지 않은 걸지도 모른다. 적어도 일상 영어회

84

화 정도가 가능하다면 여행지에서 더 즐길 수 있었을 테고 혼자서 여행을 할 수 있었을 것이다. 일단 노력해서 영어학원에 다닌 적도 있지만 눈앞에 닥친 일에 시간도 마음도 빼앗겼다.

일은 나름대로 열심히 해서 보람이 있지만, 내세는 일을 하지 않는 인생이면 좋겠다(인간이 아닐지도 모르고 말이다).

내세에도 남편과 여행을 많이 가고 싶다. 스위스나 남프랑스나 이탈리아나 그리스, 뉴질랜드나 피지나 타이에 가고 싶다. 홋카이도 북쪽에 있는 시레토코 반도도 같이 가고 싶었다.

7월 8일(목요일)

여름에 나올 단행본 회의로 B사의 관계자 네 분이 병문안을 겸해 와주었다. 사정을 전부 전달했던지라 모두가 어떤 이야기를 하면 좋을지 당혹스러워했을 거라고 생각한다. 그런데 와주어서 정말 고마웠다.

나오키상 때부터 오래 교류한 세 편집자분(한 분은 실은 퇴직하여 이번에는 프리랜서 편집자로 참여해주었다)과 젊은 여성 카메라맨이었다.

오늘은 신간 홍보용 사진을 찍었다.

홍보용이라는 건 물론 사실이지만 그 자리에 있던 사람, 나를 포함한 전원이 이게 영정사진이 될 가능성이 높다고 생각했다. 그래서 오늘은 오랜만에 꼼꼼하게 화장을 했다. 오랫동안 사용하지 않았던 파운데이션은 딱딱하게 굳어 있었다. 남편과 둘이서도 사진을 찍었다.

무척이나 즐거운 시간이었다.

오늘 나는 비교적 건강했고 아마 모두 그리

느꼈을 테다. 나 자신도 이제 곧 이별한다는 사실을 정말 믿을 수 없었다. 이 몸 상태인 채로 2년 정도는 버틸 수 있지 않을까 생각했다. 하지만 분명 아닐 것이다.

어제 현생에서 후회하는 건 어학 공부가 부족한 거라고 썼지만, 물론 그뿐만 아니라 제대로 된 운동 습관을 기르지 않았던 것도 후회한다. 격렬한 운동이 아니라도 나이를 먹기 전에 근력을 유지할 수 있을 만한 운동을 습관으로 길렀어야 한다고 생각한다.

도쿄에 네 번째 긴급사태선언이 떨어졌다.

이 병에 걸리고 남편과 둘이서 무인도에 떠내려간 듯한 하루하루를 보내고 있지만, 세상에 전혀 흥미를 잃은 게 아니라서 일단 뉴스는 체크한다.

코로나에서 해방된 세상을 나는 볼 수 없겠지만 말이다.

7월 9일(금요일)

　방문진찰 선생님이 오는 날이다.

　늘 의사 선생님 플러스 간호사 선생님이 팀으로 와서 1시간 정도 세상사는 이야기를 하는 등 무척이나 즐거운 시간을 보낸다.

　무인도에 매주 물자를 배달해 주러 찾아오는 본도의 사람이라는 느낌이다.

　선생님들이 돌아간 후 마음을 푹 놓았는지 낮잠이 사르르 들었다. 낮잠을 자고 깨어나도 여전히 졸려서 왠지 몸 상태가 이상한 기분이 들었다.

　평소와 조금이라도 몸 상태가 다르면 어쩌면 오늘 밤에 무슨 일이 있는 게 아닌지 공포심에 사로잡힌다.

　문득 스마트폰을 보니 엄마한테 라인이 와 있어서 철렁했다.

　엄마한테는 5월 초, 집에 왔을 때 병 상태를 설명했지만 아무래도 받아들이지 못했는지 초점에서 벗어난 말을 한 채 돌아가고 약 2개월 동안 아무 소식도 없었다. 오빠한테서 들은 정보에 따르면 뭐라고 말을 걸어야 할지 모르겠다고 했다고 한다.

여러모로 딴지를 걸고 싶었지만 나는 엄마에 대해서 고민하기는 이제 관두었기 때문에 라인도 적당히 이모티콘으로 대답을 했다.

오랫동안 엄마와 깊은 갈등이 있었다.

하지만 생이 다하는 하루하루 나는 이제 엄마로부터 해방되어도 된다고 스스로 스스로를 용납했다.

7월 10일(토요일)

즐거운 하루였다.

남편이 차를 하이브리드 자동차로 새로 바꿔서 시험 삼아 시승해서 조금 떨어진 곳에 있는 카페로 가보았다.

전기자동차, 정말 조용해서 놀랐다. 충전 플러그 공사도 해서 집에서 충전도 할 수 있고 정차하게 되면 차에서 집으로 전기를 보낼 수도 있다고 한다. 미래가 다가온 느낌이다.

밤에는 바로 근처에 있는 신사에서 불꽃놀이가 열렸다. 코로나 시국이라 시간이 단축되어 주차장도 사용할 수 없어 보러 온 사람도 드문드문이었지만 이른바 인생의 마지막 불꽃을 만끽했다. 이상하게 눈물은 나지 않았다.

유카타를 입고 있는 고등학생 정도 되는 두 여자아이를 보고, 나도 어릴 적에 유카타를 입고 여름 축제에 갔던 추억이 있어 다행이라고 생각했다.

추억은 차고 넘칠 만큼 있어서 후회는 없다. 후회는 없는데 이제 충분하다고 말할 수 없는 점에서 인간은 모순되었다고 본다.

집으로 돌아가 피곤했는지 갑자기 구토를 하고 말아 남편에게 걱정을 끼치고 말았다.

7월 11일(일요일)

어제 엄청 걸어서 피로가 몰려왔는지 낮잠을 3시간 자고 말았다.

이것저것 할 게 많은데 진전이 없다. 하지만 이 시기에 이르러 할 게 있다는 건 좋은 일일지도 모른다.

7월 12일(월요일)

　날이 화창해서 기분이 좋다.

　점심식사로 남편이 새우튀김을 해주었다. 카레 볶음밥과 새우튀김이라는 대학생이 주로 가는 찻집 런치 메뉴 같은 점심을 맛있게 먹었다.

　그 후 신간용 일을 조금 하고 이 일기를 문서로 옮기는 작업을 했다.

　저녁 무렵에 오랜만에 입욕을 했는데 주의를 했는데도 역시 너무 오래 들어가 있고 말았다.

　조금 열이 나서 남편과 뒹굴거리며 옛날에 누구와 누가 사귀고 있었던 것 같다든가 하는 대수롭지 않은 잡담을 하며 기분을 달랬다.

　만약 국립암센터 선생님이 말한 수명 4개월이 정답이라면 나한테 남은 시간은 앞으로 35일이다. 왠지 그리 생각하자 이상한 기분이 들었다.

　적어도 120일 이상은 살아서 남편을 조금이

라도 안심하게 하고 싶다.

7월 13일(화요일)

  적게나마 안정된 상태에 며칠 전부터 조금 변화가 생겨 남편과 상담해서 A병원 관계자를 오게 했다.

  역시 병세는 진행되고 있다고 실감했다.

  하지만 A병원 선생님이나 간호사들이 밝게 수다스러운 느낌으로 왁작박작해 실은 도움이 됐고 기뻤다. 나와 남편만 농담을 던지고 밝게 대하는 데도 한계가 있다.

  그리고 돌아갈 때 내가 없는 곳에서 아무래도 남편에게 격려의 말을 해주는 듯해서 그것도 감사했다. 대형 병원에서는 이렇게 세세하게 신경을 써주지 못하기 때문이니 말이다.

  글피 B의료센터에 예약을 하여 그곳에서 새로운 증상 검사를 하게 될 것 같다. 입원만큼은

어떻게 해서든 피하고 싶다. 하지만 대형 병원
이라서 당연하지만 할 수 있는 게 산더미처럼
있다. 한 대에 몇 천만 엔이나 할 법한 의료기기
가 잔뜩 놓여 있으니 말이다.

어쨌거나 내 병세는 다른 단계로 옮겨간 듯하
다.

저녁 무렵에 이 일기를 문서로 옮기고 있으니
30분 정도 만에 구역질이 나서 녹다운했다. 수
기는 그렇게까지 대미지가 없는데 아무래도 컴
퓨터와 마주하면 현기증이 심해진다.

그런 날의 저녁 무렵 우편함에 요시카와 도리
코 씨의 저서『남은 인생 1년, 남자를 사다』라
는 책이 도착해 있었다.

7월 15일(목요일)

 K출판사 편집자 두분이 병문안을 와주었다.

 먼젓번에 B사분들과 부드럽게 웃으며 만나서 오늘도 괜찮을 거라고 생각했는데 헤어지는 순간 20년 이상 교류가 있고 내 책을 많이 만들어준 G씨의 손을 그만 잡고 방심해서 울고 말았다. G씨도 참지 못하고 울고 있었다.

 나는 그녀가 우는 걸 처음 봤다.

 "이 집을 지은 건 G씨 덕분이니까"라고 말했지만 실은 "같이 책을 많이 만들어줘서 고마워. 정말 오랫동안 고마웠어"라고 말하고 싶었다.

 타인이 나를 위해 울어주자 그 사람의 내면에 내가 살아 있는 느낌이 들어서 뭉클했다.

 그러고 보니 G씨가 "야마모토 씨 혹시 지금 일기 쓰고 있어요?"라고 예리하게 물었다. 그야말로 G씨답다.

 이걸로 만나고 싶었던 사람, 만날 필요가 있는 사람은 일단 얼추 만났다고 본다. 물론 만나고 싶은 사람은 아직 많이 있지만 멀리 살거나 지금은 소원해진 사람을 부르는 것도 이상하니까 말이다.

하지만 사실은 이 사람도 그 사람도 저 사람도 만나고 싶었다고 마음속으로 생각한다.

내가 갑자기 사라지면 모두가 놀랄 것이다. 미안할 따름이다. 실은 만나서 잘 지내요, 감사했어요 라고 말하고 싶었다.

7월 16일(금요일)

먼젓번 퇴원한 이후에 찾아간 B의료센터 정기검진날이다.

어디든 다 그렇다고 보지만 대형 병원은 붐비고 채혈에서부터 뭐든 시간이 많이 걸린다. 접수를 한 후 엑스레이를 찍고 선생님에게 문진을 받을 때까지 더더욱 1시간 가까이 기다려야 했다. 요전번과 그 전의 문진은 대기실에서 앉아 있을 수 없어, 응급용 침대를 빌려 누워서 기다렸지만 오늘은 오랜만에 선생님을 진찰실에서 만났다.

달라진 증상을 상담하고 초음파 검사를 받고 새로운 치료 등도 의논했다. 그 치료를 받을지 말지 아직 결단을 내리지 못했지만, 이야기라도 듣고 싶어서 부탁했다.

병원에서만 4시간이 걸려 휘청대며 집으로 돌아와 바로 잠이 들었다.

7월 17일(토요일)

장마가 끝나고 본격적으로 여름 같아졌다. 하지만 가루이자와는 최고기온 27도로 무척이나 상쾌했다.

젊을 적에는 여름을 무척이나 좋아했다.

여름에는 샌들을 신을 수 있고 알로하셔츠도 입을 수 있고 풀에서 수영도 할 수 있다.

반바지와 티셔츠 차림으로 원동기 부착 자전거를 타고 어디로든 갈 수 있는 여름을 아주 좋아했다. 하지만 그렇게 여긴 건 분명 최고기온이 30도가 될까 말까 해서일 테다.

58세의 여름, 나는 복수가 차서 배가 답답하고 괴롭다.

복수가 차다니, 뭐라고 할까 말기라는 느낌이 강하다.

7월 18일(일요일)

권태감에 잠이 푹 들었다. 바깥은 어제에 이어 화창하게 맑은데 나만 침대에 웅크리고 있었다.

사르르 잠이 들었다가 깨서 요전번의 요시카와 도리코 씨가 쓴 『남은 인생 1년, 남자를 사다』를 읽기를 하루 종일 반복했다.

그러고 보니 이 책 전에 읽었던 히라노 게이치로의 『본심』도 주제가 남은 목숨을 다룬다는 거였다. 불치병 붐인가?

어딘가 아프지도 구역질이 나지도 않고 그저 몸이 무겁고 버거워서 히라노 씨의 책에 있던 '자유사自由死'가 인정된다면 나는 선택했을지 멍하니 생각했다.

도리코 씨의 책은 재미있었다.

7월 19일(월요일)

몸 상태는 그리 좋지 않았지만 집에서 꾸물대는 것도 좀 그렇다 싶어서 남편의 권유에 플라워숍 카페로 갔다.

바로 얼마 전까지 테라스 자리가 상쾌하게 느껴졌는데 이제 덥다.

최근에 남편이 스마트폰으로 사진을 자주 찍게 되었다. 나도 고양이 사쿠라가 죽기 전에 한 컷이라도 많이 사쿠라의 사진을 남기고 싶어 했지 하는 생각이 들었다.

더워서 현기증이 나 집으로 돌아와서 차가운 수건을 머리에 올리고 잠시 잤다. 체력이 없다는 걸 통감했다.

먼젓번 B사의 카메라맨이 남편과 둘이 찍은 사진을 인화해 보내주었다.

그 사진을 장식할 용도로 인터넷에서 액자를 사서 남편이 사진을 넣어주었다.

액자에 들어간 둘의 사진을 보고, 잘 나와서 기분이 좋긴 했지만 왠지 복잡한 심정이 들었다. 남편에게 "침실에 장식해"라는 말을 듣고 "왠지 벌써 죽은 사람 같아서 싫어"라고 심통이 난 대답을 하고 말았다. 남편에게 미안하다.

7월 20일(화요일)

남편이 볼일을 보러 나가서 오랜만에 혼자 집에 있었다.

이 일기를 문서로 타이핑하는 작업을 하고 점심은 파스타를 삶아서 먹었다.

밤에 남편이 기요켄 시우마이 도시락을 하나 사와서 둘이 나눠 먹었다. 시우마이 도시락을 통째로 하나 다 먹을 수 있었던 건 먼 옛날이다…….

7월 21일(수요일)

저녁 무렵에 입욕하면 그 후에 반드시 몸 상태가 안 좋아져서 오전 중에 하기로 했다. 개운하다. 개운하기는 하지만 역시 몸 상태가 안 좋아지는 건 여전하다.

목욕에는 체력이 필요한 법이다.

저녁 무렵이 되어 남편이 "내일부터 나흘 연휴라서 어디든지 혼잡해 못 나갈 거야"라고 해, 외출하지 않으면 안 될 듯한 기분이 들어 옷을 갈아입고 가발을 쓰고 집을 나섰다.

가루이자와 아울렛에 가서 젤라토피케에서 반가격인 잠옷을 샀다. 그리고 다리즈에 들러서 에스프레소셰이크와 소세지핫도그를 사서 포장했다.

눈부시게 아름다운 쇼핑몰을 바라보고 지금 딱히 절약도 낭비도 하지 않지만, 곰곰이 생각해보면 비싸서 포기했던 가방이나 보석이나 옷을, 지금부터 자신의 욕심을 채우기 위해 사도 되지 않나 싶었다.

하지만 입고 갈 곳도 없거니와 보여줄 사람도 없으면 비싼 브랜드의 옷도 가방도 딱히 살 의미가 없다. 그렇다는 말은 그건 자신의 욕심이 아니라는 걸까. 타인의 욕심을 자극하기 위해 고가의 물건이란 있는 걸까.

나는 왠지 모르게 자신의 수명을 아흔 살까지 설정하고, 사치를 하지 않으면 그쯤까지 살 수 있는 돈을 저축했다.

그 돈은 나에게 안도감을 가져다주었지만 지금에 와서는 조금 더 사용해도 좋았을지도 모른다 싶다. 예를 들어 이제 일은 최소한으로 하고 어학공부를 하거나 몸을 단련하면서 돈을 모으는 것보다 시간을 사용하는 게 좋았을지도 모른다.

하지만 어떤 사람이든 자신의 데드 엔드를 모르는 법이다. 이 마당에 와서 아직 나는 데드 엔드를 파악하지 못해 할인하는 잠옷을 사고 있다.

7월 22일(목요일)

느닷없이 났다, 고열이 말이다!

오늘은 오빠와 엄마가 병문안을 오는 날로 엄마와 원만하게 만날 수 있을지 아침부터 긴장하고 있었다.

그리고 평범하게 아침을 다 먹고 어라? 왠지 몸이 이상하다 싶었는데 눈 깜짝할 사이에 온몸에 한기가 들었고 먼젓번에 구급차로 실려갔을 때와 마찬가지로 강한 오한에 휩싸였다.

급변에 남편은 털이불과 전기담요를 덮어주었고 다급히 A병원에 전화를 걸었다.

그 후의 일은 몽롱해서 기억이 단편적이지만 요전번에 입원해서 힘들었던 나는 "아무튼 입원하기 싫어요"라고 헛소리처럼 반복했고, 그런 나에게 A병원의 O선생님이 "괜찮아요, 괜찮아"라고 미소 지으며 좌약을 넣어주었다.

오후가 되어도 열이 39도에서 떨어지지 않아 항생제 링거를 놓기 위해 간호사가 왔고, 열이 나서인지 갑자기 아프기 시작한 허리를 링거를 맞는 도중에 내도록 문질러 주었다.

도무지 병문안을 할 상태가 아니었지만, 이날
은 나흘 연휴의 첫날이라서 엄마를 태운 오빠
차는 교통체증까지 겹쳐 요코하마에서 가루이
자와 인터체인지까지 7시간 가까이 걸린 모양
이었다. 이제 도착할 차라 돌아가라고는 할 수
없어서 아직 열은 높았지만 우선 만났다.
하지만 내 병이 아직 확 와 닿지 않았던 엄마
가, 사람이 와도 일어나지 못하고 가발도 쓰지
않은 내 머리카락 상태를 처음 보고, 불행인지
다행인지 마침내 딸의 병세를 알고 울먹이고 있
었다.
남편이 오빠와 엄마에게 늦은 점심을 차려주
었고, 두 사람이 돌아간 후 엇갈리듯이 O선생님
이 다시 와서 약이 잘 듣는지 상태를 봐주었다.
저녁 무렵이 되어도 열은 아직 38도 대였다. 내
일도 떨어지지 않으면 병원에 가야 할지도 모른
다고 했다.
그건 그렇고 놀란 하루였다. 남편은 지쳐서

쓰러지다시피 자고 있었다.

이날 밤에 다시 오한이 나서 혼자 울면서 오리털조끼를 껴입고 잤다.

모쪼록 내일은 열이 내려가기를 바란다.

7월 23일(금요일)

하룻밤이 지나자 어제 일이 거짓말처럼 보통 체온이었다. 그건 그것대로 놀라웠다.

하지만 거짓말이 아니었던 증거로 심한 피로감 때문에 전혀 일어날 수 없었다.

남편은 "입원 안 해서 다행이야"라며 기뻐했다.

동감하고 있었지만 스스로 화장실에 가는 것도 버겁고 다른 일은 전혀 할 수 없을 정도로 몸이 지쳤다.

올림픽 개막식을 볼 경황이 아니었다.

7월 24일(토요일)

좌우지간 나른하다. 배가 복수로 팽팽해져서
괴롭다.

내 침실은 2층에 있지만 1층 화장실에 내려가
는 게 괴로워졌다.

올림픽 개막식은 예약 녹화해둔 요약편을 조
금씩 봤다.

여러모로 눈길을 끄는 건 없었지만 하는 수
없다. 코로나 시국에 올림픽 개최국이라는 꽝
제비를 뽑은 건 운이 나빴다고 생각한다. 코로
나만 아니었더라면 부흥 올림픽의 면을 내세울
수 있었을지도 모른다.

대하드라마 「이다텐*」을 봤을 때 생각했지만
이제 진즉에 올림픽은 당시의 소박함을 잃어버
렸다. 만약 내가 지금 선수라면 반드시 올림픽
에 나가 메달을 따기를 목표로 삼을 테다. 그게

---

* 일본의 마라톤 선수가 최초로 참여한 1912년 스톡홀름 올림픽을
  시작으로 1964년 도쿄 올림픽까지, 올림픽 대회를 중심으로 본
  일본의 50년 근현대사를 다룬 대하드라마이다.

얼마나 이권으로 점철된 올림픽이라도 올림픽 출전선수라는 명성을 얻으면 앞으로의 인생에 도움이 될 것이다. 올림픽이라는 정체성을 죽을 때까지 마음속에 성화처럼 불붙일 것이다.

선수가 노력하고 있으니 올림픽 개최에 찬성이라는 게 아니라, 무언가를 결정해서 살아가는 것은 소중할 뿐만 아니라 위험한 면도 크다고 느꼈다. 그게 인간이라는 생명의 성질일지도 모른다.

그리고 다음 동계 올림픽이 가까워졌다는 것과 그때까지 나는 살아 있지 않겠구나 하는 생각을 멍하니 했다.

7월 25일(일요일)

몸이 묵직하다.

이제 다 틀렸구나 생각할 정도로 괴롭다.

아침에 일어나 밥을 조금 먹고 다시 점심까지 자고서 점심을 조금 먹고 다시 오후에도 잤다.

계단 아래에 있는 화장실에 가고 싶어지면 후들거리는 다리에 힘을 실어 넘어지지 않도록 조심하면서 간신히 간다.

앉아 있을 수 없어 바로 눕는다.

먼젓번에 열이 나고 밀려온 피로가 남아 있으면 앞으로 2, 3일 만에 원래대로 돌아올 수 있을지도 모르지만, 만약 이대로라면 침실을 1층으로 옮기는 것을 진지하게 생각해야 한다.

올림픽은 메달을 순조롭게 따고 있다.

7월 26일(월요일)

깼을 때는 상태가 좋다고 느꼈는데 집안일을 조금 했을 뿐인데 현기증이 나서 다시 누웠다.

낮잠을 3시간 가까이 잤다.

최근에 몸 상태가 바람직하지 않은 탓인지 새 책을 읽을 마음이 들지 않아, 텔레비전으로 영화화된 것을 알게 된 무라카미 하루키의 『여자 없는 남자들』을 다시 읽었다. 내용을 거의 기억하고 있지 않았다.

영화화된 단편 「드라이브 마이 카」는 아내를 암으로 잃은 남자의 이야기로 이건 남편이 읽게 해서는 안 되겠다면서 감췄다.

하루키 씨 책에서 마음이 멀어진 지 오래되었지만 읽어 보면 역시 탁월한 솜씨에 감탄하게 된다.

7월 27일(화요일)

몸의 권태감은 옅어졌지만 하루 종일 갈수록 묵직해져간다. 소파에 5분도 앉아 있을 수 없다.

하는 수 없이 침대에 누웠지만 요즘 들어 내내 누워 있어, 점점 근력이 떨어지는지 허리나 등이 아파서 참을 수 없다. 세로로도 가로로도 있을 수 없다. 몸 둘 곳이 없어 그저 느릿느릿 몸부림을 치며 신음하는 수밖에 없다(나중에 알았지만 '몸 둘 곳이 없다'는 것도 암의 증상 중 하나인 모양이다).

몸이 버거워서 책도 읽지 못하고 스마트폰도 보지 못해 머릿속이 참을 수 없이 한가로웠다.

하루가 길다.

역시 이건 좀 그렇지 않나 싶어서 남편이 A병원 선생님에게 상담 전화를 해줬다.

밤에 남편이 기분 전환으로 책을 읽어준다고 했고, 때마침 아마존에서 도착한 가쿠타 미쓰요 씨의 『잘 자요, 무서운 꿈을 꾸지 않도록』을 낭독해주었다. 누나와 남동생이 조어造語로 잘 자라는 말을 서로 주고받는 좋아하는 신이 있는데 그 부분을 한 번 더 읽고 싶었다.

조어는 '라로리'로, 의미는 제목과 같다. 남편과도 "그럼, 라로리", "내일 또 봐, 라로리"라고 서로 말하고 잠들었다.

7월 28일(수요일)

또 놀랄 일이 있었다. 어제 권태감이 너무 심하고 계속 토를 해서 저녁 무렵에 방문의료 병원 관계자를 불러다 상담을 했다.

"나른해요"라고 말해봤자 어쩔 도리가 없을 거라고 절반은 포기한 채 호소했는데, 스테로이드제를 복용하는 게 좋을지도 모른다고 했다.

스테로이드…… 그러고 보니 고양이 사쿠라가 병으로 죽기 전에 스테로이드로 꽤 건강을 되찾았다는 생각이 떠올랐다.

내 병세도 이제 그쯤까지 진행되었을지도 모른다고 우울해하면서도, 오늘 아침부터 최소한으로 복용하기 시작했더니 몸이 느닷없이 가뿐해져서 놀랐다.

5분도 앉아 있을 수 없었는데 오늘은 세탁물도 갤 수 있었고 꽃꽂이도 할 수 있었다. 책도 읽을 수 있고 일기도 쓸 수 있다. 그리고 무엇보다 남편이 안도하는 얼굴을 볼 수 있어서 다행이었다.

7월 29일(목요일)

약이 잘 듣는지 오늘도 아침부터 움직일 수 있었다. 요란하게 느껴지겠지만 엊그제까지 5분도 소파에 앉아 있을 수 없었는데 오늘은 부엌 싱크대까지 박박 닦았다.

이 일기는 노트에 수기로 쓰고, 고치면서 컴

퓨터로 문서화하고 있지만, 건강해졌다고 해도 역시 컴퓨터를 계속 마주하고 있는 건 몸이 괴롭다. 문득 음성입력이 되면 편하지 않을까 생각해서 남편과 의논했더니 인터넷에서 하는 법을 알아봐주었다.

그리고 스마트폰으로 시험해봤더니 정말 편했다! 소설도 음성입력 할 수 있다면 체력을 낭비하지 않고 좀 더 쓸 수 있었을지도 모르는데 싶어 조금 후회했다.

도쿄 코로나 신규확진자수는 과거 최다 3865명이다.

7월 30일(금요일)

오전 중에 오랜만에 목욕을 했다. 사흘 전까지만 해도 이제 자력으로 목욕을 할 수 없을 거라고 절망하고 있던 게 거짓말 같다.

오후에 병원 선생님이 왕진을 왔다.

지금까지는 세상사는 이야기가 많았는데, 오늘은 앞으로의 일 등 조금 본론에 들어간 이야기를 했다.

자신의 마음을 타인에게 정확하게 이야기하는 건 어렵다. 하지만 오늘은 조금 정확하게 말했던 것 같다.

다음 주부터 정기적으로 방문간호 스태프가 오게 되었다.

저녁은 스키야키를 먹었다. 조금이지만 스키야키를 먹을 수 있을 만큼 식욕이 나서 기뻤다.

7월 31일(토요일)

몸 상태가 무척이나 좋아서 남편에게 차를 태워달라고 해 장을 보러 갔다.

돌아오는 길에 동네에서 제일 좋아하는 카페에 들러 커피젤리를 먹었다. 그 가게의 테라스석을 나는 아주 좋아해, 예전에는 자주 혼자 책을 읽거나 맛있는 런치를 먹기도 했다. 메뉴는 평범하지만 그 평범한 음료나 빵이나 디저트가 다 놀랄 만큼 맛있다.

이제 못 오겠구나 생각했기 때문에 정말 기뻤다.

산뜻한 느낌을 풍기는 거리감이 적당한 가게 여성과 대화를 나누고 갓 구운 스콘을 샀다. 마음속으로 감사하다고, 잘 지내라고 말했다.

도쿄 코로나 신규확진자수는 4058명이다. 이래서는 다음 달에 눈 깜짝할 사이에 1만 명에 도달하지 않을까 싶다…….

8월 1일(일요일)

스테로이드가 잘 듣는지 식욕이 꽤 생겨서 점심으로 남편이 사온 스시를 먹었다. 날생선은 요즘에 전혀 먹고 싶지 않았는데 오랜만에 꽤 맛있게 느껴졌다.

그리고 이 일기를 중간까지 문서화한 것을 정리해서 고쳤다. 다음 주에 편집자에게 보여주려고 한다.

기운이 나서 시마모토 리오 씨의 신간 『별처럼 멀어지고 비처럼 흩어졌다』를 읽었다. 정말 좋았다. 초기의 시마모토 씨의 글이 부활하고 성숙한 지금의 시마모토 씨가 완성한 극상의 대화체 소설이었다.

이 책에 무라카미 하루키 씨의 『노르웨이의 숲』에 대해 등장인물이 의견을 말하는 장면이 있어서, 다시 읽고 싶어 아마존에서 주문했다.

8월 2일(월요일)

명백하게 스테로이드의 효과지만 놀라울 정도로 식욕이 돌아왔고 오늘은 점심에 카페에 갔다. 실은 그 가게의 해물 도리아가 먹고 싶었지만 우연찮게 없어서 원래 카레 가게인지라 그린 카레를 먹었다.

엄청 맛있었는데 남편이 도중에 "전부 다 먹으면 상태가 나빠질 테니 안 돼"라고 말렸다. 아니나 다를까 지금 괴롭다.

어제 정리한 이 일기 원고를 S사의 S씨에게 보내서 읽게 했다. 활자로 내보죠 라고 말해줘서 마음을 놓았다.

보낸 것은 아직 전반의 응급 이송된 부분까지지만 다시 읽어보고 이건 투병기가 아니라 도망기구나 라고 절실하게 생각했다.

나는 '완화의료'라는 말은 알고 있어도 그 알맹이에 대해서는 전혀 이해하지 못했다.

예를 들어 소설이나 영화 등에서 그런 구절이 있어도 자세한 서술이 생략되어 있어, 그건 마치 "다음 날 아침에 쨍쨍쨍"과 같았다(다음 날 아침에 쨍쨍쨍이란 소녀만화 등에서 젊은 남녀가 잠자리에 들고서 불이 꺼지고, 다음 신에서는 이미 창문에서 아침 햇살이 비쳐 들어오고

새가 쨱쨱쨱 울고 있는 듯한 표현을 말한다).

지금 생각해낼 수 있는 구체적인 작품을 말하자면 『바닷마을 다이어리』에서 식당 아주머니가 완화의료 병동에 들어간 후에 이미 장례식이 열리는 장면이다(그게 주제가 아니라서 이상하다고 생각하는 건 아니다).

'완화의료'에 대해서 사람들은 거의 아무것도 모르고 그걸 실천하는 나조차 아직 잘 모른다. 위키피디아를 뒤지면 물론 그곳에는 자세한 설명이 나와 있지만, 설명과 실제로 해본 느낌은 조금 틀린 것 같기도 하고 완화의료라고 한마디로 해도 사람들마다 제각각일 테다.

다만 나는 암선고를 받고 그게 이미 완치 불가능이라고 들은 순간에 '도망가야지! 온갖 괴로움에서 도망가야지!'라고 솔직히 생각했다. 그게 나에게 있어 완화의료일지도 모른다. 하지만 이렇게 생각한 것과 동시에 온갖 괴로움에서 도망치는 건 불가능하다는 사실도 알고 있다.

지금 나는 진통제를 복용하고 구역질 진정제를 복용하고 스테로이드제를 복용하고 가끔 항생제를 링거로 맞고 큰 병원에서 검사를 받는다. 그리고 방문치료 의사에게 우는소리를 하거나 농담을 하거나, 남편에게 생활에 있어서 거의 신세를 지고 있고 불평을 들어달라거나 눈물을 받아들여달라는 식으로 병에서 도망친다. 도망치고 도망쳐도 이윽고 따라잡히는 것을 알고 있는데 스스로 병 속으로 들어가려고는 결코 생각지 않는다.

8월 3일(화요일)

어제는 신간 『바닐라』의 정보 공개날로 어제 오늘 SNS로 출판사에서 만들어준 특설 사이트를 고지했다.

발매일은 9월 13일. 장황하게 들리겠지만 나는 그날을 살아서 맞이할 수 있을까.

오늘 1층 다다미방에 침대를 사서 넣었다.

지금은 스테로이드제가 듣고 있어서 건강하지만, 언제 2층 침실에 올라갈 수 없게 돼도 이상하지 않으니 말이다.

무인양품의 가장 저렴하고 단단한 매트리스. 이게 나한테 제일 자기 편했다.

……건강하다고 쓰자마자 밤에 심한 권태감에 휩싸였다. 스테로이드제를 복용하기 전에는 매일 이런 느낌이었다. 역시 약으로 일시적으로 증상이 완화되었던 것뿐이구나 하고 침울해했다.

하지만 강한 권태감 때문인지 푹 잤다.

8월 4일(수요일)

아침에 오늘은 기분이 좋을지도 모르겠다고 생각한 순간 우웩, 토를 하고 말았다. 아무 전조도 없이 갑자기 구토를 할 때가 가끔 있어서, 집

안 여기저기에 검은 봉투가 숨겨져 있어 그걸 얼른 가지고 냉큼 토했다. 남편도 잽싸게 물과 타월과 세숫대야를 가지고 와주었다.

토를 하면 피곤해져서 오전부터 오후에 걸쳐 3시간 정도 잤더니 꽤 좋아졌다.

저녁 무렵에 이 일기를 음성으로 문서화하는 작업을 했다. 키보드로 치는 것보다 수월하지만 언제까지 작업할 수 있을까. 남편도 S사의 S씨도 도와주겠다고 했지만 가능하면 직접 하고 싶다.

『노르웨이의 숲』을 다시 읽었다. 예전에 읽었을 때는 미도리라는 여자아이를 제대로·몰랐지만 이번에는 미도리에게 꽤 호감을 가지고 읽었다. 하루키 씨의 연구서는 산더미처럼 나와 있지만 그런 건 딱히 읽을 마음이 들지 않는다. 자신의 인상이 남의 의견에 좌우되는 게 싫을지도 모른다.

8월 5일(목요일)

어젯밤, 한밤중에 깨서 그로부터 제대로 푹 자지 못해 난감했다.

스테로이드제는 좋은 점만 있는 게 아니라 수면을 방해하는 작용도 있는 모양이다. 하지만 점심 때 쌩쌩하게 있을 수 있다는 것과 저울질하면, 명백하게 점심에 움직일 수 있는 게 좋으니, 어렵다.

오늘부터 한 주에 한 번, 방문간호 간호사가 오는 그 첫 번째 날이다.

방문간호는 돌봄이 필요한 어르신이 받는다는 이미지가 강했지만 나 같은 환자도 받는다고 한다. 계약서 등을 주고받고 구체적으로 무엇을 하냐고 상담하자 뭐든 해준다고 했다.

산책은 갈 수 있냐는 질문을 받고 산책은 이제 최근에는 가지 않는다고 답했다. 허리가 뻐근해서 난감하다고 말하자, 침대에 올라와서 스트레칭을 가르쳐주었다. 프로가 가르쳐주는 스트레칭은 효과가 있었다.

방문간호를 받는 건 아직 조금 이른 감이 있지만, 생각해보니 스테로이드제가 듣지 않으면 나는 이제 스스로 화장실에 가는 것도 겨우인 상태일 테다.

임종을 향하면 향할수록 간호사에게 신세를 지게 될 테니, 지금부터 익숙해져서 그녀들의 이름과 어떤 사람인지를 기억하고 싶다.

관계는 없지만 남편이 점심에 장어덮밥을 사와서 절반을 먹었다. 최근에 영양가를 많이 보충하고 있다.

오늘 도쿄 코로나 신규확진자수는 5042명이다.

8월 6일(금요일)

한 주에 한 번, 방문진료로 병원 선생님이 와주는 날이다.

어제부터 방문간호가 시작되었는데 헷갈려 할 수 있는 독자님들을 위해 말씀드리자면, '방문진료'는 선생님과 간호사가 오고, '방문간호'는 간호사만 와준다. 참고로 조사해보니 '방문진료'는 의사가 진료계획을 세워서 정기적으로 방문하는 것을 가리키고, '왕진'은 상태가 급변할 시(고열, 통증, 구토 등) 정기방문과는 별개로 야간이나 휴일에도 필요에 따라 행하는 진찰을 말하는 모양이다. 나도 잘 몰랐다.

내가 부탁한 병원에서는 '방문진료'와 '왕진', '방문간호'를 합쳐서 거들어주고 있다. 나는 이렇게 극진한 진료를 받고 있구나 하고 행복한 일이라고 절실하게 생각했다.

오늘도 O선생님과 다양한 대화를 나누었다. 선생님이 했던 유도 이야기나 일에 대해 내가 하는 SNS 이야기 등 말이다.

스테로이드제 때문에 밤에 잠이 얕아져서 수
면제에 대해서도 상담했다.

8월 7일(토요일)

오전 중에 목욕을 하고 개운해졌는데 역시 피
곤해서 낮잠을 잤다. 오늘은 복수 때문에 배가
빵빵해서 몹시 괴로웠다. 아무데도 아프지 않은
날이 좀처럼 없는 것 같다.

나가시마 유 씨가 특집인 문예지 「군조」를 구
해서 읽었다. 신작은 150매 사소설로 나가시마
씨의 행복한 생활 이야기였다. 집을 산 모양이
다. 오래 전부터 팬인 나는 장래에 쓰여질 그 새
집에서 사는 나가시마 씨의 소설도 읽고 싶었
다.
같은 잡지에 다나카 쵸코 씨의 단편 「이온과
철」도 실려 있었다. 아주 재미있었다. 다나카 씨

가 신인상을 탔을 때 내가 심사위원 중 한 사람이었기도 해서 몇 번인가 정성스러운 편지를 받은 적이 있다. 만나서 인사라도 할 수 있었다면 좋았을 텐데.

8월 8일(일요일)

어제와 180도 다르게 오늘은 배의 팽창감도 거의 느껴지지 않고 꽤 상태가 좋았다.

신경 쓰이던 집안일도 몇 가지 하기도 해서 충만한 기분이 들었다. 복숭아와 아이스크림으로 간단한 선데이를 만들어주자 남편이 기뻐했다.

여행이나 장거리 외출이 불가능해져서 집 안에서 할 수 있는 걸 하면서 보내도 아쉽지 않고 무척이나 행복하다.

올림픽은 오늘 폐막식을 했다.

8월 9일(월요일)

요즘 들어 몸 상태가 좋았는데 이날 아침 무렵에 몸통 주변으로 격렬한 통증을 느끼고서 잠에서 깼다.

몸통 주변의 통증은 암이 발견되기 전후에 오래 고민되었던 것으로 최근에는 약으로 억제하고 있었을 텐데 말이다.

진통제를 복용하고 상태를 보고 있으니 갈수록 통증이 심해지고 열도 났다. 이건 큰일이다 싶어서 남편이 병원에 왕진을 부탁했다.

바로 급하게 와준 병원 관계자들이 고마웠다.

그리고 이번에도 헛소리처럼 "병원에 가기 싫어"라고 반복했다. 링거를 맞고 혈액검사를 받았다. 발열은 복수 탓인가 염증 탓인가 그랬다. 우선 통증이 가서서 이게 뭐야 라고 생각했지만 좌우지간 아무튼 암이다. 그러니 아프기도 하겠지……

하루 종일 나른하게 보냈다.

8월 10일(화요일)

왠지 졸려서 오전에도 오후에도 2시간씩 잤다. 그사이에 방문간호 간호사가 와서 항생제를 링거로 놓아주었다.

링거를 맞은 후에 세무사가 보내준 서류 때문에, 아마존으로 구입한 것을 종이로 출력하는 번거로운 작업을 했다.

K출판사의 G씨한테서 손편지가 도착했다. '너무너무 슬퍼서 머리가 깨질 것 같습니다'라고 적혀 있었고 나도 머리가 깨질 것만큼 슬펐지만 아마존 영수증을 인쇄했다.

그게 살아간다는 거겠지.

8월 11일(수요일)

  오늘도 첫 대면하는 젊은 방문간호 관계자가 와주었는데, 할 말이 없어서 곤란했는지 학생 시절의 동아리 활동에 대해 질문을 해서 신선했다. 몸을 마사지해주었다. 처음에는 창피했지만 타인이 몸을 문질러주는 건 그것만으로도 통증이 누그러드는 느낌이 들었다.

  이쿠에미 아야 씨의 『잘 자, 가라스. 또 와』의 최신간을 읽었다. 거의 데뷔 때부터 전부 읽은, 너무나도 좋아하는 이쿠에미 씨의 작품. 실망한 신간은 한 권도 없고 이번에도 황홀한 기분으로 읽었다. 참으로 재미있고 근사하고 심오해서 몇 번이나 읽어도 새롭다. 소녀만화계의 나의 아이돌이다.

  하지만 가라스 다음 신간은 2022년 6월 예정…… 하지만 괜찮다. 내 마음속에서 가라스는 이어질 테니까.

8월 12일(목요일)

　오전 중에 방문진찰 선생님이 오셨고 그 후에 바로 S사의 S씨가 와주었다. 평소에 아무 스케줄도 없는 나에게 있어 참으로 알찬 하루였다.

　S씨와는 이 일기를 활자화하는 것에 대해 의논을 하는 것이다.

　이 일기를 만약 독자가 읽어주는 날이 온다면 나는 이미 이곳에 없다. 길었던 작가 인생 속에서도 처음 하는 경험이 된다. 나도 무엇을 어떻게 써야 좋을지 가늠하고 있다고 해야 할까, 잘 모르겠다. 그건 안 쓰세요? 이건 못 쓰시겠어요? 하고 S씨에게 여러 이야기를 듣고 '아, 그렇구나' 하고 마음속으로 고개를 끄덕였다.

　타인에게 듣지 않으면 모르는 게 역시 한가득이다.

　회사 서랍을 정리했더니 나왔다며 S씨가 오래된 사진을 가지고 와주었다. 오래되었다고 해도 2009년이다.

　그건 가쿠타 미쓰요 씨의 결혼 파티 사진으로

S씨를 비롯한 S사의 편집자들과 내가 멋을 부리고 웃고 있는 것이었다.

2009년이라니 최근이구나 싶으면서도 그 사진을 보고 자신을 포함해 찍혀 있는 사람이 모두 젊고 반짝이고 있어서 놀랐다.

그때는 일상의 한 단락 정도로만 생각했지만, 지금 보니 거품경제 시대인가 싶을 정도로 눈부시다. 장소도 아오야마 스파이럴이고 말이다.

2015년에 세상을 떠난 편집자 유카 씨도 반짝이는 미소로 찍혀 있었다.

8월 13일(금요일)

한 달 만에 찾아온 B의료센터 진찰일이다.

집에서 차로 40분 걸리고, 병원에 도착하고 나서도 자칫하면 2시간 가까이 기다려야 한다. 아침부터 힘을 비축해두지 않으면 기진맥진한다.

오늘은 응급 환자용 침대에 신세를 지지 않고

대기실 벤치에서 제대로 순서를 기다렸다.

하지만 약 처방부터 하루하루의 상태를 살피는 것까지 대부분의 진찰이 A병원으로 이동해서, B의료센터에서는 주치의 K선생이 삽입해준 담관 스텐트의 상태를 보는 것 정도밖에 할 게 없었다. 지금은 큰 트러블이 없는 나는 초음파도 CT도 엑스레이도 찍지 않고 채혈조차 하지 않았다(그리고 다른 치료법을 시험해보기 위한 MSI검사도 음성이었다).

"그럼 다음번에 무슨 일이 있을 때는 지금 다니는 병원의 안내로 와주세요"라고 K선생님이 말했고 "건강하게 잘 지내세요"라고 미소 지으며 진찰이 끝났다. 다음 번 예약은 공백이었다.

올해 4월 초순에 이 B의료센터에서 셀 수 없을 만큼 검사를 하고 입원도 하고 치료에 대해서 K선생님과 이야기를 나누었는데, '그게 끝나는 날이 왔구나' 하고 왠지 조금 멍해졌다.

완화의료 말고 다른 치료를 하고 싶지 않다고 말을 꺼낸 건 나인데 정말로 그렇게 되니 서운하다. 인간은 모순된 듯하다.

8월 14일(토요일)

어제 쌓인 피로가 밀려왔는지 하루 종일 잤다.
자도 자도 졸리다.

8월 15일(일요일)

어제 푹 자서 힘이 조금 났기 때문에 아마존
에서 메일을 받은 「신 에반게리온 극장판:‖」을
봤다. 엄청난 에반게리온 팬은 아니지만 일단
예전 세 편을 봐서 마지막이 어떻게 되는지 궁
금해 몇 번인가 나눠 볼 작정이었는데 그만 한
번에 다 보고 말아 기진맥진했다. 남편은 도중
에 나가떨어졌다. 신지가 어른이 되어서 왠지
모르게 쓸쓸했다.

8월 16일(월요일)

오늘도 정말 졸리다. 병 때문인지 약 때문인지. '아프다'거나 '불쾌하다'는 데 비교하면 편해서 좋았지만.

달력을 보니 내일 칸에 '120일'이라고 쓰여 있었다. 죽음을 선고받은 4개월 후의 그날이 내일인 것이다.

데이터상이라고는 하지만 우선 4개월을 살았다. 어디를 기점으로 한 4개월인지는 알기 어려운 바이지만, 일단 4월에 암 선고를 받은 날부터 세었다.

부지런히 검사를 받아 무언가를 수치화해서 그래프로 그린 것도 아니다. 자신의 증상이 빠르게 진행되고 있는지 천천히 진행되고 있는지도 모른다.

그런데도 병이 진행되고 있는 것은 확실하다. 하지만 어느 무렵에 무슨 일이 일어나 디데이를 맞이하는지 누구도 모른다.

58년을 살아오면서 이렇게도 앞날의 일정이

정해지지 않은 삶은 정말 처음이다.

120일은 클리어했지만 엄청나게 기쁜 것도 아니고 그저 "아, 오늘도 아직 살아 있구나"라고 멍하니 생각한다.

다음은 10일 후의 신간 견본날까지 살아 있고 싶다. 그리고 그다음은 신간 발매일인 9월 13일까지. 그 후에는 가능하면 생일인 11월 13일까지. 그 후에는 해를 넘겨 2022년이 될 때까지? 분명 그렇게는 살지 못하겠지만, 그저 멍하니 생각한다.

(참고로 180일 후는 10월 16일이다.)

8월 17일(화요일)

국립암센터 의사에게 고지받은 여생 4개월을 클리어했다. 우선 집 안에 있는 것치고는 스스로 대부분의 일을 할 수 있고 오늘내일 죽을 것 같지도 않다.

평범하게 생각해서 다음은 180일(6개월) 후쯤이 목표지만, 어떻게 될지는 전혀 모르겠다.

먼젓번에 S사의 S씨에게서 받은 12년 전의 사진을 유심히 보았다.

내 곁에는 전 담당편집자인 유카 씨가 다소곳하고 다정하게 본인의 인품을 잘 드러내는 꽃 같은 미소를 짓고 서 있다. 예쁜 헤어스타일과 내면에서 발광하는 듯한 뽀얀 피부는 그녀에게 행복만 가져올 것처럼 보인다.

하지만 유카 씨는 6년 후인 2015년에 세상을 떠났다.

사람을 잘 챙기는 유카 씨의 주변에는 사람이 늘 많아서 그만큼 슬퍼한 이도 많았고, 나도 유카 씨의 죽음에 충격을 받은 이들 중 한 명이었다.

씩씩하고 스포츠를 좋아하고(잘하고) 사람을 잘 보살피고 즐거운 걸 좋아하고 일을 좋아하고 맛있는 걸 좋아하고 개를 좋아하고 웃는 걸 아주 좋아하던, 유카 씨가 설마 하필이면 암으로

죽다니 하며 충격을 받아 오랜 시간 동안 회복
하지 못했는데 이번에는 나라니.

　나는 이 병을 앓으면서 자신의 병에 대해 실
은 그렇게 알아보지 않았다. 처음부터 '낫지 않
는다'는 소리를 들어서이기도 하지만 나는 암에
대해 생각하는 게 두려웠다.
　암이란 뭘까. 아니 그건 의학적으로는 물론
(나라도) 다소 알고 있지만, 유카 씨뿐만 아니
라 58세쯤 되면 꽤 많은 지인이 암으로 죽음을
맞이한다.
　블랙홀에 빨려들 듯이 슉 하고 목숨을 빼앗긴
다.
　유카 씨는 강한 사람이어서 암을 이겨내려고
마지막까지 싸웠다. 마지막의 마지막까지 새로
운 치료제를 시험해보려고 했다.
　하지만 내심 분명 두려웠을 테다. 블랙홀이
바로 발 언저리까지 와 있는 느낌이 들어서 몇
번이나 울었을 테다.
　마지막으로 유카 씨를 병문안하러 병실에 갔

을 때, 그녀는 평소와 같은 미소를 보여주었지만 휠체어에 앉아서 코 호흡기를 달고 있었다.

"이거, 병문안 선물로 받은 고사리떡이야. 맛있으니 같이 먹자"라고 말하며 꺼내주었다. 나는 그렇게 마지막에 웃을 수 있을까.

건강검진을 받아도 발견되지 않는 암도 있다. 또는 발견해도 낫지 않는 암도 있다. 인간의 사인은 물론 암뿐만이 아니며 사람은 모두가 죽는다.

나는 사후 세계도 내세도 (전생도) 딱히 믿지 않지만, 목숨이 붙어 있고 마음이 기능하고 있는 동안에는 유카 씨가 살아 있던 세계를 살아가리라고 생각한다. 2016년에 세상을 떠난 아버지도 2017년에 죽은 우리 고양이 사쿠라도 그곳에 있겠지.

8월 18일(수요일)

요즘 들어 쭉 열이 나지 않았는데 오랜만에 아침부터 열이 났다. 8월 중순인데 서늘한 날이 이어지고 있어서일까. 때마침 간호사가 와주는 날이라서 채혈을 했다.

열 때문에 꾸벅대고 있던 와중에 뭔가 문학상 후보에 들었다는 이야기를 남편한테 들었다.

8월 19일(목요일)

밤중에 잠이 오지 않아서 2층 침실에서 달그락거리며 무언가를 하는 소리에, 남편이 신경이 쓰였는지 이따금 나를 보러 와주었다.

그랬더니 30분에 한 번은 일어나서 베갯머리에 앉아 있거나 했던 모양이다. 자각하지 못한 건 아니지만 그 말을 다시 들으니 오싹했다. 그래서 낮에 졸린 거다.

8월 20일(금요일)

　방문진찰 선생님이 와서 한밤중에 잠에서 깨는 건 산소 수치가 낮은 편인 것도 있어서일지도 모른다고 산소농축장치를 구해다주었다. 코의 튜브로 산소를 넣는 기계로 지금 도시에서는 코로나 때문에 부족하다고 하는 그 기구였다.

　입원했을 때 달고 자기도 했지만 집에서 사용하기에는 소리가 시끄럽다. 하지만 산소포화도 측정기로 재보니, 분명 내 수치가 낮아 튜브를 달아야 오르는 모양이다. 그래서 잠이 잘 오냐 하면 그것도 아니다……(잠이 오지 않을 때 복용하는 약도 받았다).

　저녁 무렵에 S사의 S씨에게 전화가 와서 『자전하며 공전한다』가 중앙공론 문예상을 수상했다고 했다. SNS와 메일로 축하한다는 말을 들었다. 축하한다는 소리를 들을 때마다 조금 막다른 골목에 몰린 듯한 기분이 든다. 좀 더 기뻐하면 좋을 텐데.

8월 21일(토요일)

심하게 침울해졌다. 가슴이 술렁여서 누워 있는데도 괴롭다.

병 증상일까. 문학상 수상 때문일까. 아니면 그 두 가지 다 때문일까. 남편이 등을 문질러주었다.

8월 22일(일요일)

어제 정도는 아니지만 오늘도 침울해질 기미가 보였다. 감정을 스스로 컨트롤하기 힘들다. 얼마 남지 않은 시간을 되도록 평온하게 보내고 싶은데.

밤중에 잠에서 깼을 때 놀랄 정도로 안절부절 못해서, 이건 혹시 새로 받은 불면증 약 때문이지 않을까 하는 생각에 도달했다.

8월 23일(월요일)

기분이 조금 나아졌다. 아니, 오전에도 오후에도 약을 먹고 자고 있었다. 평온하고 밝은 기분을 유지하려면 어떻게 해야 할까. 자력으로 할 수 있는 걸까.

8월 24일(화요일)

기분이 조금 차분해졌다. 역시 불면증 약이 맞지 않았던 모양이다. 복용을 중지했더니 초조한 마음이 가라앉았다.

8월 25일 (수요일)

한 주에 한 번 방문간호사가 와주는 날이다.

나는 아직 스스로 움직일 수 있어 한 주에 한 번 와도 해줄 게 없을지도 모르는데…… 라고 당초에는 생각했는데, 실제로 고용했더니 전혀 그렇지 않아서 대단히 감사하다.

오늘은 약 복용법을 상담하고 저번 주부터 시작된 산소농축장치 사용법 노하우 등을 여러모로 배웠다. 그리고 이야기를 하며 비닐봉지와 뜨거운 타월로 핫팩을 만들어 그걸로 림프마사지를 받았다. 불안한 마음이 갰고 지식이 늘었고 기분이 안정되기까지 해서 천국 같았다.

더구나 내 병을 잘 아는 사람을 만나면 평온해진다. 건강할 때의 나를 아는 사람 앞에 서면 어딘가로 '밝은 표정을 지어야지!' 하는 초조한 마음이 발동하기 때문이다.

약간 침울해하면서 떠오른 또 다른 이유 중 하나에 약 복용법이 있다.

완화의료를 시작한 지 약 4개월, 당연하지만 병세 진행과 더불어 약은 늘어났고, 아무 생각 없이 들었던 시간이나 증상이 있을 때 약을 복용했다. 남편이 인터넷에서 여러모로 알아봐줘 약효가 끝나고 나서 복용하는 게 아니라 끝나기 전에 복용하는 편이 낫지 않을까 하는 것과, 이럴 때는 이 약이 아니라 다른 약을 복용하는 편이 낫지 않을까 해서 그렇게 시험해봤더니 몸이 꽤 가뿐해졌다.

마찬가지로 12시간에 한 번을 복용하는 약이라도 몇 시에 먹는가로 느껴지는 느낌이 꽤 달랐다.

이럴 때는 정말 혼자서 생각해낼 수 없으니 남편에게 감사한다.

S사의 S씨로부터 수상 축하인사로 니콜라이 버그만의 꽃이 도착했다. 참 예뻤다. 계속 보게 된다.

8월 26일(목요일)

이제 여름도 끝났구나 싶었는데 다시 더워졌
다.

복수가 점점 배에 차서 괴롭고 집에 있는 옷
이나 속옷의 허리가 다 껴서 유니클로에서 큰
사이즈의 바지를 샀다(유니클로는 속옷이나 잠
옷, 티셔츠 사이즈가 엄청나게 다양하다는 걸
요즘 들어 알고서, 참으로 감사하다는 생각을
했다).

한때 그렇게나 떨어졌던 체중이 완전히 돌아
왔지만 살이 찐 건 아니라서 다 배에 찬 물이겠
다 싶었다. 힘들고 괴롭다.

제3장

2021년 9월 2일~9월 21일

9월 2일(목요일)

일주일 동안 일기를 쓸 수 없었다.

내 몸이 막바지에 들어선 듯 앞으로 글을 어떻게 써 나가야 할지 망설였다.

내가 염려하고 있는 '통증', '구역질', '고열'로부터는 벗어났지만 몸이 붓는 게 이렇게나 괴로울 줄이야…….

다음 주에 자신이 어떻게 되어 있을지 전혀 상상이 되지 않는다. 저번 주 집 안에서 몇 번인가 넘어졌기 때문에 침실을 마침내 1층으로 옮겼다.

9월 3일(금요일)

오늘은 예상치 못하게 하나의 시작점을 찍은 날이었다.

요즘 들어 갑자기 몸이 심하게 부어 오늘 방문진료 선생님에게 상담했더니, 지금까지 내내 복수를 빼는 건 아직 조금 이를지도 모른다고 망설이던 선생님이 "오늘 복수를 빼도록 하죠. 그리고 요양보험을 바로 들어서 의료용 침대를 넣고요"라고 적극적으로 말했다.

오전 중에 정하고 오후에는 복수를 2리터 빼냈다. 큼직한 주사기 같은 것으로 쭉쭉쭉 빼냈다. 2리터는 큰 패트병 하나 분량이었다……. 그리고 더 빼낼 수 있다고 했지만 오늘은 처음이라서 이쯤 해두기로 했다. 배에 담고 있던 물 2리터를 빼내기만 해도(빼냈기 때문에) 엄청나게 몸이 가뿐해졌다.

그리고 저녁 무렵, 거실에 의료용 침대가 설치되어, 우리 집 1층에는 둘이 사는데 침대는 세 대가 있어서 흡사 야전병원 같았다. 그리고

A병원 선생님이 새삼스럽게 내 남은 시간에 대한 이야기를 했다("말씀드려도 될까요?"라고 서두를 두었기 때문에 듣고 싶지 않으면 듣지 않아도 되었지만, 이 상황에서는 안 듣는 게 더 난감해서 당연히 이야기를 들었다).

병은 요즘 들어 급격하게 진행되고 있는 모양이다. 슬슬 주 단위로 시간을 체크해서, 보고 싶은 사람을 보거나 남겨 놓은 일을 하는 편이 나을지도 모른다고 했다. 그런 말을 듣고 배가 홀가분해졌다고 기뻐하던 나와 남편은 경직되었다.

'주 단위'라는 말을 나는 제대로 받아들이는 데 시간이 걸렸고, 바로 받아들인 남편은 창백해졌다. 침대를 설치하는 업자와 병원 선생님이 돌아간 후 남편이 "미안. 정말 미안한데 잠시 한잔하고 올게. 혼자서 마음을 좀 정리해야 할 것 같아"라며 외출했다.

둘이서 살던 무인도지만 앞으로 몇 주일 후면 남편은 본도로 돌아가고, 나는 무인도에 남겨질 때가 머지않아 찾아온다.

남편은 역 근처 닭꼬치 집에 갔다가 손님이 한 명도 없어, 그제야 "맞다, 코로나니까 마시러 오면 안 되지" 하고 흠칫했다고 하며(참고로 나가노 현은 '만연방지' 등 중점조치' 지역에 들어가지 않아서 가게가 평범하게 운영된다), 30분만 혼자서 마시고 마음을 다지고서 나한테 닭날개 튀김과 주먹밥을 사다주었다. 어쩜 이렇게 현명한 사람이 다 있을까.

9월 4일(토요일)

복수를 너무 빼낸 탓인지 기분이 조금 불쾌하다. 앞으로 구부리는 건 편해져서 그건 다행이었지만, 빼내도 바로 또 복수는 찬다고 했고 그

---

* 코로나19 '확산방지'와 유사.

때는 다시 주사기로 쭉쭉 빼내야 한다고 한다.

자신의 남은 시간을 고려해, 하고 싶은 일, 먹고 싶은 것, 만나고 싶은 사람은 없는지 생각해 보았지만 이제 그다지 생각나지 않았다. 매일 집에서 마시는, 마트에서 파는 티백차가 평범하게 맛있으면 그걸로 충분하다는 느낌이 든다.

9월 6일(월요일)

마침내 내 인생에 케어매니저가 등장했다. 내가 케어매니저를 만나게 되는 건, 분명 엄마가 늙어갈 때라고 오랫동안 생각했던지라 자신이 먼저 신세를 지게 되다니, 왠지 모르게 묘한 기분이 들었다.

9월 7일(화요일)

꽤 높은 확률로 이게 마지막이 될, 오빠와 엄마가 병문안을 왔다. 무척이나 꺼내기 힘들었지만 남은 시간에 대한 이야기와 그날을 맞이한 후의 장례식과 무덤 이야기를 했다. 무덤은 평범하게 생각하면 남편의 아버지가 묻혀 있는 오사카의 그곳에 묻히는 게 좋을 테고 나도 실은 고집하는 바가 없다. 하지만 오빠와 엄마에게 있어서는 간사이가 멀다는 사실과 요코하마에 아버지의 무덤이 갓 만들어지기도 했으니 그곳에 분골해주었으면 한다고 했다.

돌아갈 때 엄마는 울고 있었다. 오랜만에 만진 엄마의 어깨는 야위어 있어서 나도 울고 말았다. "왜 이렇게 말랐어"라고 했더니 고개를 저으며 "과자를 많이 먹어서 1킬로그램 쪘어"라고 말했다. 오빠의 손을 마지막이라서 쥐어보았다. 오빠의 손을 만지다니 어릴 적 이후에 처음이었다.

그건 그렇고 암은 이별 준비 기간이 넘쳐날

정도로 있다. 아니 4월에 발견되고 지금은 9월
이니 순식간이었지만, 무척이나 긴 기간 동안
이별에 대해서 생각한 듯하다. 이별의 말은 해
도 해도 부족하다.

9월 8일(수요일)

오늘도 꽤 높은 확률로 마지막이 될 듯한 병
문안으로 S사의 S씨와 K씨가 와주었다. K씨는
『자전하며 공전한다』의 연재 원고를 몇 년에 걸
쳐 받아준 분으로, 그 전에도 수많은 원고를 K
씨에게 전달해왔다. 페이지수로 말하자면 내 원
고를 제일 많이 봐준 사람일지도 모른다.

이 일기를 책으로 만들 회의를 하고 마지막에
는 역시 손을 부여잡고 울고 말았다. 요즘 같은
세상에서 손을 잡는 건 어떤가 싶은 생각을 할
여유도 없이, 좌우지간 잡지 않을 수 없었다.

S사의 S씨와 K씨는 유카 씨를 지켜본 사람들

이라서, 정말로 '나까지 미안해'라고 다시 생각
했다. 이런 때 정말 무슨 말을 해야 좋을까.

이 나이가 되면 누구나 친한 사람을 한둘 잃
어가는 게 평범한 일이지만, 사람은 나약해서
그런 당연한 일조차 나는 울지 않고 받아들일
수 없다.

두 사람이 돌아간 후 집에는 예쁜 꽃과 맛있
는 과자처럼 사랑스러운 것들이 테이블에 가득
남겨졌다.

9월 9일(목요일)

요양보호 인정 방문조사 관계자가 집에 와서
조사를 받았다. 여러 가지 노하우가 인터넷에
있는 모양이지만, 이럴 때는 솔직해야 한다고
생각해서 상황을 전달했다. 빌리고 싶은 기구도
있어서 노인용 질문에도 딱히 거부감이 들지 않
았다. 그렇게 말하면서도 역시 부모보다 먼저

요양보호 신청을 할 줄은 생각지도 못했다 싶었
다.

9월 10일(금요일)

새로운 단계에 들어서면서부터 전부터 검토
하던 게 있다. 진통제를 주사약으로 바꾸기 위
해 PCA펌프라는 걸 몸에 달게 되었다. 티슈갑
보다 조금 작은 링거 기계 같은 것으로 24시간
약이 미량으로 몸에 흘러들어온다.

복용하는 것보다 효과적으로 약을 흡수시킬
수 있다고 한다.

생각보다 거추장스럽지 않지만 역시 아픈 사
람이라는 느낌은 여실히 드러났다. 아니 이미
환자지만.

그리고 의료용 침대 매트리스를 조금 폭신한
것으로 바꾸거나, 침대 옆 난간을 늘리는 등 순
조롭게 갖추어나갔다.

9월 11일(토요일)

요즘 들어 사람이 집에 드나드는 일이 잦았던 탓인지 몸보다 정신적으로 피곤해져서 녹초가 되었다.

이 일기를 쓸 에너지가 나지 않는다. 나지 않는다고 할까, 이런 것까지 쓸 생각은 없었는데 (PCA펌프라든가) 싫었던 것까지 쓰고 말았다.

이 일기는 단순한 체험기라서 치료나 약에 대해 굳이 자세히는 쓰지 않으려고 했는데 지나치게 썼을지도 모른다. 하지만 그 이야기를 하기 시작한다면 처음부터 아무것도 쓰지 않고, 남기지 않는 편이 좋았으련만……(하지만 이미 재혼생활부터 쭉 지나치게 쓰고 있다).

돌이켜보면 이 일기를 쓴 덕분에 머릿속이 한가하지 않아서 다행이라고 생각한다. 아무것도 쓰지 않았더라면 그저 '병과 나' 둘뿐이었을 테다. 오랫동안 소설을 써와서 이제 적당히 '써야 한다'는 강박관념에서 해방되고 싶다고 생각하는 줄 알았는데, 역시 끝을 목전에 두고서도 '쓰

고 싶다'는 마음이 남아 있고 그에 도움을 받을
줄은 몰랐다. 읽고 불쾌해질 사람도 있을지 모
르지만 잠시만이라도 쓰게 해주기를 바란다.

9월 12일(일요일)

　사실은 오늘 기대하고 있던 콘서트가 있었는
데 고민 끝에 가지 않기로 했다. 나는 백신을 맞
지 않았고 아마 면역력도 떨어져 있을 테다. 우
선 이날까지 살아 있어서 다행이고, 아주 좋아
하는 아티스트의 콘서트가 코로나 중에도 무사
히 개최되어서 그것만으로도 다행이다 싶다.

9월 13일(월요일)

신간 『바닐라』 발매일이다!

책이 나와서 다행이다. 그걸 볼 수 있어서 다행이고 말이다. 이번과 같은 불규칙한 스케줄 속에서 수많은 사람이 온힘을 다해주어 출판할 수 있었다. 무척이나 기쁘다. 감사한 마음뿐이다.

9월 14일(화요일)

요즘 들어 묘하게 피곤하다 싶어 생각해보니 일주일 이상 연속으로 집에 사람이 왔다. 사람이 오는 것만으로도 압박감이 드는데, 약을 바꾸거나 복수를 빼내거나 상태가 나빠졌는데도 왔으니 피곤해질 만도 하다.

9월 15일(수요일)

어제 제일 기본적으로 주사하던 진통제 종류를 바꾼 덕분인지, 아니면 스테로이드 양을 조금 늘린 덕분인지 상태가 꽤 좋아졌다.

상태가 나쁘면 SNS도 볼 마음이 들지 않지만 오늘은 스마트폰을 들고 내 책에 대한 평가를 봤다. 그랬더니 기타오지 기미코 씨가 아무래도 병에 걸려 올 겨울에 가발이 필요할지도 모른다고 쓰여 있어서 충격을 받았다. 아니 충격이라는 의미에서는 어쩌면 내 쪽도 상당할 테지만, 지인의 병은 자신이 어떤 상태든지간에 마음에 확 와 닿는구나 싶다. 그녀와는 웹일기를 '모헤지'라는 아이디로 쓰고 있을 적부터 알고 지냈다. 직접 메일을 하고 싶은 마음을 꾹 참고 모헤지 씨의 회복을 여기서 기도할까 싶다. 모헤! 치료는 괴로울 테지만 힘내요! 아니 너무 무리하지 말고 우는소리도 적당히 해가면서 계속해 나가요!

9월 16일(목요일)

매일 병원 관계자가 와서 링거를 놔주고 있어서 그 때문인지 몸 상태가 좋다. 그래서 참 오랜만에 목욕을 했더니 아주 상쾌했다.

남편이 도와줘서 매일 몸을 닦고는 있지만 목욕은 역시 다르다.

그것과는 별개로 남편이 내 마이넘버카드*를 신청해서 오늘 구청까지 가지러 가주었다. 차면허증이 있어 마이넘버카드는 필요 없을까 했는데 올해 갱신해야 한다는 걸 알아차리고 다급히 신청했다.

그리고 그것과는 또 별개의 이야기로 바로 반년 정도 전, 내 병이 발견되기 전까지 나와 남편은 이렇게 서로를 마주하지 않았고 자신의 일은 스스로 알아서 하자는 주의였다. 하지만 지금의 나는 목욕을 하는 것도, 구청에 가는 용건도, 순순히 남편에게 의지할 수 있다. 병에 안 걸리는 게 최고겠지만 완고했던 내가 꽤 의지하는 걸

* 한국의 주민등록증처럼 고유번호가 새겨진 등록증이다.

익히게 되었다.

9월 19일(일요일)

　세상은 사흘 연휴인 모양이다. 그렇다기보다 히간*이다. 내 히간 스케줄은 엄마와 같이 아버지 성묘를 가는 거였지만, 조만간에 내가 아버지와 합장하게 된다고 생각하자 이상한 기분이 든다.

　신간 『바닐라』가 나온 이후 SNS 등에 감상평이 조금씩 올라와 기쁘다. 만화가 히우라 사토루 씨가 무척이나 칭찬해주었다. 인터넷상에서 대화를 나눈 적이 있을 뿐 결국 만나지 못한 게 안타깝다고 생각하면서도, 인터넷상에서이기에 성립되는 관계가 있고 그것도 괜찮다고 생각한

---

　* 저 세상을 의미하는 말로 돌아가신 조상의 넋을 위로하는 불교
　식 전통행사다.

다. 이름조차 모르는, 오사카의 남성이나 이모 티콘을 많이 쓰는 여자아이. 관계에 우열 없이 책이 나오면 반드시 말을 걸어와 줘서 무척이나 마음의 버팀목이 되었다. 그동안 정말 감사했다 는 마음뿐이다.

9월 20일(월요일)

어제 남편과 히우라 사토루 씨에 대해 얘기를 했는데, 그녀에게서 직접 메일을 받았고 Voicy 라는 그녀의 라디오 채널에 나와 줄 수 없겠냐 는 거였다. 아무 일도 없었더라면 정말 기뻐하 며 나갔겠지만 아무래도 몸 상태가 안정되지 않 아서 이번에는 사양했다.

아니, 왠지 작은 거짓말을 더하고 말았다. 지 금은 병 요양 중으로 언젠가 히우라 씨가 사는 기노사키에 놀러가고 싶다고 메일에 답을 쓰고 말아 조금 침울해지고 말았다.

다른 일 관계자에게도 가끔씩 의뢰를 받으면 지금 몸 상태가 좋지 않아 이번에는 반려해야 할 것 같다고 답을 하고 있다. 물론 너무 솔직하게 '이제 저한테는 미래가 없습니다'라고 해도 된다고는 생각하지 않고, 거짓말도 방편이라고는 느끼고 있지만 그런데도 뒷맛이 개운치 않다. 죄송할 뿐이다…….

9월 21일(화요일)

기운이 있는 날과 없는 날이 반복되고 있다.

오늘은 기운이 없는 날이다. 병원 관계자도 매일 누군가가 와주고 있다.

이 일기의 음성입력도 직접 할 수 없어져, 최근에는 남편이 필기한 노트를 키보드로 입력해주고 있다.

이 일기, 문득 나는 어디까지 쓸 작정인지 생각에 잠겼다.

앞으로는 아마 좋은 일은 그다지 쓸 수 없을 것 같지만, 아직은 아무것도 못 쓰는 것도 아니다.

이상한 비유지만 술집에서의 1차가 슬슬 마무리에 접어들었다고 할까, 이 일기도 이쯤에서 중간 마무리를 해야 할 것 같다. 아직 술이 부족한(글이 부족한) 분들을 위해 2차 같은 무언가를 느릿느릿 쓸지도 모르지만, 한 번 이쯤에서 일단락 지을까 한다.

괴로운 이야기를 지금까지 읽어주신 분들께 감사 인사를 전한다. 병에 걸리든 안 걸리든 읽어주신 분이 있었기에, 나는 살아올 수 있었다고 정말 진심으로 생각한다.

남은 시간이 앞으로 어느 정도인지 알 수 없지만(아직 꽤 있을 듯하다), 이 일기를 쓰고 있는 노트의 분량은 아직 3분의 1이 남아 있으니 거기까지 뭐든 좋으니 쓰면 좋을 것 같다.

내일 또 만나기를 기약하며.

제4장

2021년 9월 27일~

9월 27일(월요일)

중간 마무리 인사, 그 후.

요즘 사람들은 큰 술자리를 그다지 하지 않아서 마무리 인사로 손뼉을 한 번 짝 쳐도 느낌이 오지 않을지도 모르지만, 2차 술자리(바라든가 저렴한 이자카야)에 왔다. 라고 거기까지 쓰고서 아, 코로나였지, 코로나라며 다급히 지웠다.

오늘은 9월 27일(월요일), 마침내 9월 말로 도시의 긴급사태선언도 단계적으로 해제되는 듯하다. 이걸로 단번에 여러 가지가 좋아질 거라고는 생각하지 않지만, 조금이라도 경제가 제자리를 찾기 시작하면 좋겠다.

중간 인사에서 아직 일주일밖에 지나지 않은 일기지만 나는 그 후 몸 상태가 좋아지거나 나

빠지기를 반복하고 있다.

완화의료라는 건 뭐라고 할까 다름 아닌 대체 요법이라서, 요컨대 약으로 증상을 완화시키거나 가볍게 만드는데, 이게 좀처럼 잘 굴러가지 않아 약을 늘렸다가 그 복용법이 조금 이상하다 싶으면 몸이 노곤해진다.

지금은 이 증상에서 겨우 벗어나 조금 힘이 나는 차다.

나머지는 변비 기미가 있거나 낮잠을 심하게 자거나 미열이 나는 등 하나하나 열거하자면 대수롭지 않은 증상이 겹쳐지고 있을 뿐이다. 이게 또 내일 일을 알 수 없어서 멘탈이 무너지고 있다고 할까. 독자님들에게 칭얼대서 죄송할 따름이다. 하지만 부정적인 큰 파도에서 벗어난 느낌이다.

내일 또 쓸 수 있다면 내일 써야겠다.

9월 28일(화요일)

오늘은 뭔가 이상한 날이었다.

우선 꿈자리가 사나웠다. 새벽 무렵에 소고기 시구레* 조림을 먹고 입냄새가 나는 꿈을 꾸고 남편을 깨우고 말았다. 그 후에 여러모로 이상한 점을 남편한테 호소하고(소고기시구레 조림을 먹지 않았다는 자각은 있다), 그다음에 이번에는 약속 시간에 일어날 수 없어(10시에 렌탈 의료용품 회사와 한 약속) 비몽사몽한 상태로 대응했다. 그리고 그 후에 병원 선생님이 왔을 무렵에 겨우 잠에서 깼다고 생각했는데, 나중에 남편한테 물어보니 나는 거의 꾸벅꾸벅 졸고 있었다고 한다. 결국 오후 2시 정도에 컵라면을 먹고 싶다고 내가 말을 꺼내서 겨우 잠에서 또렷하게 깨 컵라면을 후루룩거렸다고 한다.

이 글도 무슨 말을 하고 싶은지 스스로도 잘 모르겠다.

왠지 손끝이 저리는 느낌이 나는 건 간이 좋

---

* 시구레는 조갯살에 생강을 넣어 조린 식품이다.

지 않아서라던데, 남편에게 "컵라면을 그렇게 많이 먹다니"라고 비아냥을 들었지만 먹고 싶었는데 어쩌란 말인가. 어떻게 해서든 컵라면이 먹고 싶었다.

그리고 선물 받은 후쿠오카 초콜릿이 아주 맛있었다.

요 2, 3일 꿈자리가 이상하다고 할까, 몽롱하다는 자각은 정말 있다.

통증, 괴로움, 불쾌함, 부종 등은 없다.

하지만 왠지 자신이 이상해지고 있다는 자각은 든다.

우미노 쓰나미 씨의 『Travel journal』을 읽고 있다. 무척이나 좋다. 소설로도 그런 걸 쓸 수 있다면 좋을 텐데.

9월 29일(수요일)

유이카와 씨가 또 병문안을 와주었다. 인간관
계란 정말 이상한 화학반응을 일으킨다. 근처에
살거나 멀리 떨어져 살거나, 어느 쪽의 일이 잘
풀리거나 안 풀리거나, 어느 쪽이 병에 걸리거
나 나이를 먹거나, 하는 사소한 일로 두 사람 사
이의 분위기가 달라진다.

유이카와 씨와의 거리가 예전보다 가까워진
느낌이 들어 나는 지금 무척이나 기쁘다.

오늘은 유이카와 씨가 모은 명품가방을 집에
도둑이 들어 훔쳐간 일을 둘이서 떠올리고 웃었
다(웃어서 죄송합니다). 나와 함께 간 발리 여
행에서 마지막으로 산 샤넬 그것만 '이건 가짜
야'라며 비웃듯이 두고 간 에피소드를 잊을 수
없다.

사람의 관계는 남녀뿐만도 여자끼리뿐만도
남자끼리뿐만도 아니다. 연애뿐만도 아니고 우
정뿐만도 아니다. 다만 확 멀어지지 않고 자전,
공전을 천천히 반복할 수 있는 게 풍족하게 느

껴질지도 모른다며 행복한 생각을 했다.

이날 밤은 잠을 아주 깊이 푹 잤다. 잘 잤지만
제대로 일어나지 못해 시계를 끄고 침대에서 내
려오다가 다리에 힘이 들어가지 않아 멋들어지
게 엉덩방아를 찧고 말았다.

10월 4일(월요일)

어제부터 오늘에 걸쳐서 묘한 일이 수없이 일
어났고, 그건 아무래도 내 묘한 사고 탓인 듯하
다. 이걸로 이 일기의 2차도 끝날 것 같다. 무척
이나 졸려서 의사 선생님이나 간호사, 약사가
왔고 그 사람들이 큰 소리로 나에게 말을 걸었
지만 그에 반응하는 것도 벅찼다. 그 건너편에
있는 왕자님의 목소리도 잘 들리지 않는다. 오
늘은 여기까지 쓰도록 해야겠다. 내일 또 쓸 수
있다면 내일 써야겠다.

2021년 10월 13일 10시 37분, 야마모토 후미오 씨는 자택에서 영면에 들었다. 장례식은 코로나 때문에 한정된 인원수로 인근에서 열렸으며, 2022년 4월 22일에 도내 호텔에서 추모회가 열렸다.

무인도의 두 사람

120일 이상 살아야만 하는 일기

1판 1쇄 발행 2023년 06월 11일

지은이 야마모토 후미오
옮긴이 김현화

디자인 남서우
제작 금비피앤피 곽민주
경영지원 김미애

펴낸이 이동훈
펴낸곳 도서출판 직선과곡선
출판등록 2016년 9월 28일 제2016-000280호
주소 [06153] 서울특별시 강남구 봉은사로 418, 5층
전화 02) 555-8105 | **팩스** 02) 564-0757
홈페이지 snc-p.com | **이메일** snc-p@naver.com

ISBN 979-11-90187-38-1 03830